目 录

第一辑　吹尽黄沙始见金

国王第二次寻找继任人

很久很久以前，有一个内陆小国。国王木龙已 88 岁高龄了，他感到自己时日无多，一心想物色一个理想的继任人。

上了年纪的木龙国王都还记得，70 多年前，他还是一个 10 来岁的孩子，也是在这个皇宫广场，是老老国王一手选定自己为王位继承人的。

那时候，老老国王召集了全国的孩子，发给每个孩子一小袋花籽儿，要求每个孩子在规定的时间里，拿育好的花苗来皇宫广场接受检阅。结果，除木龙以外，其他孩子手里捧着的都是鲜花，并且一个比一个漂亮。只有木龙，手里捧着一个只有泥土的花盆，上面什么都没有。但是老老国王最终却选定木龙为王位继承人。

原来，发给每个孩子的花籽儿都是煮熟了的，根本不可能发芽。老老国王说，只有木龙这孩子最诚实。

现在，88 岁高龄的木龙国王有了新的打算。他让国务大臣将全国 12～15 岁的孩子召集到王宫广场来。当然，13 岁的男孩子岩松也来了。木龙国王对全国的孩子发表了一次演说，然后让农业大臣发给每个孩子一小袋玉米种子。

玉米是他们国家唯一能栽种的农作物。因为很多年前，这个国家遭遇了大旱，全年滴水未降，颗粒无收。其他农作物都旱死了，唯一幸存了一些玉米。所以玉米种子成了比黄金还要珍贵的宝贝。木龙国王要求两个月后，大家将玉米秧苗带到广场来接受检阅。

岩松回到家里，按照育苗程序对种子进行浸泡、催芽……然后用最好的泥土，种在最好的花盆里。

但是十几天过去了，一点儿芽星都没有出现。

岩松又进行了第二次播种，依然不见发芽。

他想了三天三夜。他想，难道国王还是拿煮熟的种子来考验我们的诚实吗？

父亲很希望儿子能成为国王的继任人。父亲说，你拿家里的好种子去育苗不就成了吗？

岩松说，不行！国王说了，假设又遭大旱，全国颗粒无收，一粒种子都没有了呀！

于是岩松决定到邻国去买种子。他带上褡裢，里面装上干粮和水，昼行夜宿、跋山涉水。一个多月后，岩松带着买到的种子，原路回到家里。这时候的岩松，又黑又瘦，身上还有多处受伤的瘀痕。

岩松严格按照程序播种，这一回，他育出秧苗来了，开始嫩黄，继而泛青，十分苗壮地成长着。

两个月时间过去了，全国的孩子又集中到王宫广场来，接受国王的检阅。可是除了岩松手里捧着一个有玉米秧苗的花盆，其余孩子手中的花盆都只有泥土。

国王来到岩松跟前，问他，你的秧苗是怎样育出来的？

岩松将事情的经过老老实实地说了。

国王让农业大臣检验过，这确实是邻国才有的品种。

国王高兴得一把搂住岩松，眼里含着泪说，我终于找到了理想的继任人！

国王回到高台子上，向全国人民发表了第二次演说。他说，真正的忠诚，不是守株待兔、不是坐以待毙；真正的忠诚，是有大智大勇，敢于战胜困难，在绝境中找到生存的办法，造福于人民。

国王从岩松手中接过了花盆，举到嘴边亲了亲，动情地说："这几株青苗，就是我们国家的希望！"

〔获 2011 年（第 9 届）全国微型小说（小小说）评奖一等奖、广东省 30 年优秀小小说奖一等奖〕

寻找仇家

陶塑新秀千炜的首个作品展，经过紧张的筹备在薏城最宏伟的展馆开幕了，各地收藏界人士、文艺界前辈、媒体记者乃至党政要员济济一堂。千炜的父亲是一位陶艺大师，自然也来了。

展览共延续 7 天。按主办方安排，到第 7 天，将举行现场拍卖。各地的收藏家和陶艺爱好者就是冲这而来的。

作品展开幕的第二天，当地报纸要闻版图文并茂地刊登了展览会的盛况。读者惊异地发现，与时下此类报道一味唱赞歌不同，文章的最后一段竟然在贬损千炜作品的价值。原文如下：

开幕式上，记者现场采访了一位德高望重的中国陶瓷艺术大师，请大师对千炜的作品稍作点评。大师说："千炜的基本功欠扎实，许多作品不但缺乏创新意识，而且暴露了作者的急功近利，这是陶瓷艺术的大忌！意图借助于前辈的影响而一举成名，只会毁损一个人的艺术生命！"

这篇报道无疑像一颗炸弹，一下子将收藏界和陶艺爱好者的信心炸得粉碎，许多原先已对某件作品提出收藏意向的买家纷纷解约。

"所谓同行如敌国。这肯定是爸爸的仇家干的！"千炜被气得肺都要炸了，拿着报纸气咻咻地回到家，冲着父亲说。

父亲急忙戴上老花镜，从儿子手中接过报纸。儿子嫌父亲看得慢，用手指头戳着那段话，说："别的不用看，看这里！"

只几行字，老父亲却看了很久，似一头老牛反刍一些什么，然后慢条斯理地说："我很早以前不是同你说过，即使人家的意见毫无道理，聪明的人也会从中领悟到有益的东西。"

"现在不是让你传道，要紧的是想想，谁是你的仇家，为什么要这样拆我的台！"

"仇家，仇家……"父亲像陷入深深的思索，"几十年了，我想不起有谁是我的仇家。"儿子急成那样，父亲却一点"斗志"都没有。过了半支烟工夫，父亲又不急不火地说，"仇家，好像是有一个。不过你年少气盛，现在我不能告诉你。"

"我要告媒体，告记者贬损我的声誉，连带提出民事索赔！"

"恐怕法院不会受理。"父亲还是令人讨嫌地慢条斯理，"批评与反批评，这是学术自由。况且人家的话也不见得就是恶意诋毁。"作为老一辈陶艺家的父亲，拿起用了几十年的竹水烟筒，呼噜呼噜狠吸了一口后，又说："记不清是哪位先哲说过，一个人要小胜需要有对立面，要大胜需要有敌人。如果你认为那个人是仇家，那么最明智的做法是，通过自己的努力战胜他！"

7天之后，陶艺展草草收场，作品一件都没卖出去。

千炜沉寂了一段时间之后，在父亲的劝导下，又开始了新一轮的冲刺。他谢绝一切媒体的采访，在人们的视线中淡出。

10年过去了。20年过去了。

千炜的一组陶塑作品在国际造型艺术双年展上，一举夺得了特等奖，并拍出了天价。

这时的父亲，已经老态龙钟、须发皆白，整天靠在床头想心事。

千炜回到家，将喜讯告诉了父亲和家人，然后对父亲说："爸，现在你可以将仇家的名字告诉我了吗？"

父亲吃力地说："我是想起过，但后来又忘了。不过，我都这样衰老了，我的仇家肯定也会像我一样衰老。和这样衰老的人斗，已经没有意义了。"

千炜说："爸，您误会我了。我不是要寻仇，我是要感谢他呀！"

〔获 2012 年（第 11 届）全国微型小说（小小说）评选一等奖〕

最后的根雕

国际精品博览会上，有一个展区，入口处秀着几个美术字：自然造化。

这是展示根雕艺术品的专区。

展区的主人叫罗列，是一位 50 开外的精壮汉子。他的前额已完全光秃，而两侧和后脑的头发留得老长，嘴上还留着两撇胡子，让人一看而知是个搞艺术的。

罗列弄根雕已有 30 多年的历史。他在美院念大一那年暑假回到故乡的穷山沟。由于"大跃进"年代山林受到破坏，老乡连烧柴都非常缺，人们想到了刨树根。于是每到农闲，就满山跑去刨，家家户户都将刨回来的树根堆在房前屋后晾晒。罗列家门口也堆放了好些。

父亲丢给他一把斧头，说，你回来得正好，将这些树兜疙瘩给劈开，好用来烧火做饭。

罗列捋起衣袖就干起来。干着干着，他发现其中一些树根很有造型基础，比如像雄鹰展翅，像冰上芭蕾……另外，他又到别家的树根堆里寻找，找到有用的，就拿自家的柴火去换。他将这些"有用的"留了起来。

劈完柴火，他就对留起来的树根疙瘩反复揣摸，然后用刀具加工起来。七修八整之后，摆在那里，让左邻右里的人来看，果然有人能说出像什么什么……第二年市里开迎春花会，罗列带着这些宝贝去摆地摊，竟然卖了好几件，赚得100多元学费。

罗列是学油画的，从此也爱上了根雕，一有空就出去寻树根。

所谓日久成精，罗列玩根雕到了出神入化的地步。他能根据一棵树的年龄、所处地势及方位，判断出根系的走势。有一次，他在一个山区选中了一棵老黄杨树，向主人买下来，请民工将树伐倒，将树根刨出，果然是个好材料。经他反复斟酌雕琢，雕成一件《鹬蚌相争》，卖得了高价。

罗列生意越做越大，在花卉世界租了一大幅地，建起了根雕艺术馆，专营根雕生意。远近许多村民见挖树根有利可图，就到处挖，然后卖给罗列。

罗列的艺术馆摆满了各种各样的根雕，大的有一两百千克，小的只有小指头那么大，都起了非常形象的名字。每天来参观的中外游客不绝于途。

很快，罗列成了千万富翁。

他的一件镇馆之宝，题名为《童子拜观音》，是一件榆树根雕。同一棵树的树根雕出来的艺术品竟然是惟妙惟肖的一个童子在跪拜观音大士。每一个见到这件根雕的人，不论懂艺术的不懂艺术的，都会发出一声惊呼。

有人说这就是神功造化。

有一位香港老板站在《童子拜观音》前，凝神揣度了半天，出价千万要将它收藏。

但被罗列拒绝了。

罗列说，在我们生活的地球上，这样的造化不会有第二件。

罗列为这件艺术品购买了高额保险，并且雇用4名安保员日夜轮班守护。

今年初夏，罗列举行了一次媒体见面会。他在会上宣布了两个重大决定：

第一，《童子拜观音》和其他所有根雕艺术品，全部无偿捐赠给艺博院；

第二，从即日起，永远停止根雕艺术生涯，专心进行油画创作。

所有的记者都以为自己听错了，呼啦一声围了上去，七嘴八舌向罗列发问。

罗列说：不久前家乡发生了一次山体滑坡，村子里有10多人被埋，我年迈的母亲，以及一个侄儿都死于这场灾难。这事像惊雷炸醒了我。山体滑坡的成因固然是多方面的，但挖树根对自然生态的破坏，肯定也是不利因素之一。挖树根之害远远大于伐倒林木。伐倒林木之后，只要树根还留在土里，在很长的岁月里依然起到稳定山地的作用；但是假如将树根挖了，尤其是将大树树根挖了，一旦暴雨袭来，山泥就倾泻了……

第二天，各大媒体都以显著版面刊出："著名根雕艺术家金盆洗手，《童子拜观音》成为封刀之作"。

〔获2011年（第10届）全国微型小说（小小说）评选二等奖〕

真假古董

读幼师班的女儿需要一本描述各朝代服饰的美术书籍，遍寻各书店而不获，于是央我代她寻找。后来经人介绍，说栾先生有这类书。通过联系，栾先生同意让我上他家去取。

我和栾先生本不认识，他是看在他一个朋友（也是我的朋友）的份上愿意给我帮这个忙。听朋友说，栾先生先前在一家贸易公司里当业务员，走南闯北到过许多地方，前一两年才退下来的。

我终于在一座旧公寓楼里找到了栾先生。他待客的态度显得很有分寸感，既不过分热情，又不致令人感到遭受冷遇。他客气地将我迎进屋里。我第一眼看见我女儿需要的那本书已经放在茶几上。看来他家的住房并不宽敞，是那种 20 世纪 80 年代建的楼房里的一厅二房套间。让我颇感吃惊的是，客厅四周全部排满了古色古香的一柱到顶的古玩架，那上面井然有序地摆放着各种古玩，其中以陶瓷器皿为多。

"您还是古玩鉴赏收藏家？"我言出由衷地问。

他很随意地笑了笑，将给我斟的茶向我面前推了推，说："不过是个门外汉，凑个热闹而已。"

我在电视和报刊上见识不少古董收藏家，每个收藏家都有着极不寻常的经历。此刻我看见栾先生家里也摆放着这么多的古董，心想这一屋古物不知价值几何？我说："看不出，这幢旧住宅楼里，隐藏着一座宝库。"同时，我想，栾先生的人生经历，也一定是一座精神的宝库了。

他说，他原先也不懂古玩，自然也从不收藏。那次出差去古城西安，一个新认识的朋友说可以介绍他去找关系用较低的价位买到一只出土的西汉时代的青铜三足酒杯。后来他真的以 2.3 万元的价位买下了。那朋友说，要是有机会遇到港澳或东南亚的文物收藏家，卖个十二三万不成问题。回到广州，栾先生请文物商店鉴定了一下，方知那是仿真技术很高的赝品，只值二三百元。

回家后，他像收藏真古董一样将这赝品珍藏起来，闲来无事时拿出来把玩，想象着 2000 多年前君王大宴群臣的排场和盛况。把玩的时间长了，他突然生出一个感想：在欣赏价值这一点上，真品和赝品的作用是一样的。

也许就是这一"顿悟"，使他养成了收藏假古董的雅兴。在本市的旧货市场，在北京郊区的"出土文物天光集市"，在南昌滕王阁旁的仿真陶瓷一条街，乃至他足迹所到之处……他常常以很便宜的价位，买到粗看和真古董没什么区别的假古董，并且一一陈列在家中的古玩架上，至今已有 2800 多件。

真可谓假作真时真亦假。80 年代末，有一次他在松风路路边地摊上以几元钱的代价买到一个瓷笔洗，想不到后来经文物专家鉴定，是属于明代洪武年间的官窑所产，虽不至价值连城，可市场价值也实在不菲。

在栾先生古玩架上，还整齐地摆放着许多诸如《如何鉴别古瓷器》《中国历代钱币探源》之类的彩印书籍。栾先生笑着对我说："熟读唐诗三百首，不会吟来也会凑。我看这类书多了，如今纸上谈兵式地和收藏家们侃侃收藏经，也俨然半个行家里手呢！"有一次，他故意拿着一件只花费 10 多元钱买来的仿真瓷器，请一位资深文物鉴藏家鉴定，并一再声明，这回很可能是上了别人的当。没想到那鉴藏家用放大镜考究一番，又翻查了有关古籍，竟言之凿凿说那是元代的青花瓷。栾先生很不容易才强忍住笑，很小心地将那"青花瓷"抱了回家。

"世间事，真与假都只是相对的。"栾先生悠然地吸了一口烟，很有道学风度地说，"没有真也就无所谓假；但若没有假，也就无所谓真了！"

〔入选"冰心儿童图书奖"，花山文艺出版社（2005 年 4 月）〕

一夜富翁

烟墩镇百货商场门外，人头攒动，拥挤得水泄不通。原来是在举办"幸运大抽奖"游戏。游戏规则是这样的：花 20 元钱，买一袋价值 2 元的怪味豆，袋里有 1 张兑奖券。每天摇珠开奖一次。每 5000 袋为一个兑奖单位，设头等奖 1 名，奖价值 2.7 万元的欧美 7 天豪华型旅游票 1 张，说明是双飞，食住全部由五星级酒店接待，还从中划拨部分服装费和零用钱，发给个人支配；另有幸运奖 300 名，每名奖怪味豆 1 袋（含兑奖券 1 张）。

有人观察过，来参加"幸运大抽奖"的，绝大部分是收入较低的人。他们直言不讳：若靠平常积蓄，这辈子不可能有机会参加这样高档次的国外旅游，而花几十元一试身手，即使不中，也聊博一笑了之。

每当摇珠开奖之时，更是万人瞩目，高潮迭起。

经过三天三夜的"大搏杀"，果然产生了 3 名荣中头等奖的幸运儿，他们是 A 君、B 君、C 君，而年龄分别为 30 多、40 多、50 多。无独有偶，这三人有许多共同之处：均是烟墩镇人，收入都属于温饱型，都没有出过远门，更没有享受过豪华型的旅游生活。

按旅游公司指定的日期，A、B、C君都西装革履，装扮一新，由专车送到机场，登机远航。

在1万米的高空，在大洋彼岸，在所有的游乐场所，乃至五星级的酒店、宾馆，他们受到了前所未有的礼遇，到处是衣香鬓影、美女如云，到处是迎人笑脸、媚人的话语，山珍海味、美酒佳酿……一时间，他们恍然大悟：原来这就是富翁的生活，富翁的日子真好啊！

还未等他们品透这种生活的真味，7天时间匆匆而过。随着豪华客机一阵颠簸然后在机坪停定，他们如梦初醒，仿佛从一个甜美无比的极乐世界一下子回到了现实之中。

从旅游归来的第二天起，他们又穿上平日的粗布衣衫，日出而作，日落而息，也就是说，从"天上"一下又掉到了人间。

30多岁的A君余兴未尽，整天像刚饮过新妇茶似的咧着个笑口，逢人便讲飞机上的空姐多么靓，大洋彼岸的汽车如何多，五星级宾馆的服务多么周到，吃西餐用刀叉多滑稽……末了总要带上一句"即使过把瘾就死了也值！人一世物一世，总算过了回富翁的日子！"

40多岁的B君另有所感。他扳着手指头对工友们说："真是心疼不过呀！2.7万大元，一晃眼便成过眼云烟，那种感觉，就跟看电视加想象没有什么两样。但你想想，2.7万呢！平均每天将近4000大元，一部大彩电的价呢！要是当初商场将旅游票改为现金，我不知道可以办多少事了呢。像塘里的鲤鱼打一个挺就散去2.7万元，回想起来真心疼呀！"

而50多岁的C君，打从欧美旅游归来之后，仿佛变成了另一个人似的，整天闷着不说话。周围的人总想从他身上分享一点旅游乐趣，可不管怎样逗他，都未能引发他的谈兴。

一个星期之后，突然传出一个惊人的消息：C君死了！经法医鉴定，属于服用过量安眠药物的自杀身亡。经查找，发现他枕头下留有一封遗书，上面写道：

几十年来，我虽清贫，但靠自食其力维持温饱，生活过得有滋有味。但当我度过了7个醉生梦死的昼夜之后，我才知道世间原来还有另一种生活方式，那便是人们通常说的富豪生活。当我过完7日富豪生活，回到原来的温饱型人生，过去那种'知足者贫亦乐'的感觉再也找不回来，那种粗茶淡饭却有滋有味的日子怎么也过不惯。我真后悔，所谓命里有一升，莫去求一斗。我心里除了空虚、寂寞、失落、惆怅和彷徨，再也一无所有。我决定用麻醉的方式解脱自己，让自己得到长久的安息……

〔获2003年（第二届）全国微型小说（小小说）评选三等奖，2003年微型小说年度排行榜〕

德叔落选

人民公社化那一年，德叔 18 岁。从那时起他担任塘溪管理区（那时叫大队）支部书记，至今一直没有变动过。

50 多岁的德叔，寡言少语，一副饱经风霜的基层干部形象：板刷寸头上斑白的短发冲天而立，脸上几道深深的"沟壑"刻画出几分刚强、几分淳朴。不分春夏秋冬，都光脚穿一双塑料凉鞋。有一次市里一位画家下乡，以德叔为模特画了一张人物素描，题为《本色》，在省里获了个二等奖。

只要一提德叔，管区里没有人不竖起大拇指说："他真是个好人！"好在哪里？憨厚老实的庄户人笑笑说："崖（我）文化少，讲不出罗！"

不过，许多事情都能说明德叔确实是个大好人。30 多年来，从生产队到大队，到公社（镇）、县，不论是选哪一种先进或模范，都少不了德叔的份。那时不兴奖钱，兴发奖状。德叔每次将奖状拿回家就往墙上贴，贴满整整一面墙。

每逢有"情况"，比如台风、汛期、地震先兆，德叔就跑到办公室值夜，睡在办公桌上，用电话当枕头，电话铃一响就抓起来，沉沉地叫一声："喂……"

有一年分救济粮，分到最后差一户没分上，这户人家就是德叔家……

德叔让老婆缝了个小布袋，将公章装进去，随时挂在裤头上。有一回办公室在夜里遭到盗窃，盗贼卷走了德叔一个存折，想不到，上面只有一元的余额。

多少年来，德叔真是"报上有名、电视里有影、广播上有声"，甚至成了传奇色彩的人物。

每一次改选支书，点票结果都是德叔差一票就满票当选，事后都证明是德叔没选自己。有一次按规定年限又该改选了，文书在未经选举的情况下就上报了德叔。上级党委认为这样做很不严肃，批评了文书不应该这样儿戏。文书不服气地说："再怎么选也是德叔。"之后郑重地举行选举大会，结果还是德叔当选。

但是近年来，德叔在塘溪人的心目中，威信有点每况愈下。主要原因，是与周边相邻管区相比，塘溪显然落后了许多。且不说工农业总产值之低，且不说村办企业之少，单看村民的住房，就可知塘溪人的生活水平和几十年前没什么两样。不过，人们仍不忍心埋怨德叔。因为谁都知道，德叔至今仍住破瓦房，两张条凳架三块木板做床……

最近一次支部改选，德叔竟只得一票，他落选了。

新当选支部书记的人名叫郭清文，是一位毛遂自荐、勇于开拓进取、先富起来的年轻党员。

点票结束后，在管理区主任主持下，举行了简单的"权力交接仪式"。德叔不无感伤地慢慢地将公章从裤头上解下来，双手递到郭清文手中，说："可得把它保管好……"

郭清文双手接过，说："德叔您放心。保管这印章固然重要，关键还在于要用好……"

〔获《南京日报》全国征文大赛第 2 名（1995 年 10 月 12 日），入编《中国新文学大系 1976—2000》《中国最好看的微型小说》（百花洲文艺出版社 2014 年 4 月第三次印刷）〕

人粥

今天是 5 月 24 日，像往年的这一天一样，龙祖根经理一大早便起来打着煤气炉熬粥。那粥与平常吃的粥不一样，不下任何配料，连盐都不下，称为"白粥"。

这地方老一辈的人以前都习惯于早上吃白粥油条。近十多年来，生活水平普遍提高了，粥里都习惯加上配料——猪肉、牛肉、鱼肉甚至是鸡肉。其实，早餐已趋向多样化，牛奶、麦片、薯条、面包……早上早起熬粥的家庭已不多了。

据说每个人都有一种怪脾气，龙经理的怪脾气也就在这一点上。平常他从来不关心煮早餐这事，但每年的这一天，不管头天晚上他多晚才睡，都会早早起来熬上一锅白粥，还规定全家人必须在一起吃。每当这时，他神情显得很凝重，不言不语，仿佛在反刍一个沉重的记忆。

龙经理的小儿子宇红在大学里读一年级。当今的孩子本来就娇贵，加上他又是考上热门专业财政金融系的，更觉身价百倍。他平常就不爱吃粥，这种寡淡无味的白粥他更不爱吃。这天早上，他见怪老头父亲又像往常一样天不亮就起来熬粥，便借口有朋友约他上茶楼谈事情想一溜了之，但被父亲喝了回来。

父亲带着凝重的神色，亲手给每人盛了一碗。

宇红像吃药似的喝了两口，假装到厨房拿东西，顺手就将一碗粥倒进了泔水桶里。没想到这一切都看在父亲眼里，老龙像一头发怒的狮子，冲过去给了儿子一巴掌。

宇红妈急了，冲过去拖住丈夫说："你疯啦？谁得罪了你，值得你发那么大的火？"

老龙像和谁吵架，大声吼道："许多年以前我就向你们讲过今天是个不寻常的日子，但你们都没记住！"

不寻常的日子？妈和宇红都想起来了。

1959年那阵，龙祖根正读高中一年级。那时正是国民经济困难时期，人们都饿得受不了，如果偶尔有一点粮食，就用来熬一锅粥，这样去撑饱肚皮。5月24日深夜，已经病了两天的龙祖根高热烧到嘴唇爆裂，连病带饿，他最希望能有一碗白粥喝喝。那时学校每天早晨都喝粥，而且那粥是头天晚上就熬好了的。和龙祖根最要好的同学陆光明决心瞒着祖根到厨房为他偷一碗粥。他挑开厨房窗栓，轻轻地翻爬上去。厨房里一片漆黑，他一脚踩在油腻溜滑的熬粥用的"千人锅"的边缘，一脚没踩稳，跌进了滚粥里，当场烫死。

第二天早上，粥仍然被装进各班的粥桶里，抬回各班分给大家。直至舀到最后，才发现锅底沉着一个人。

消息立时在全校传开了，大家都明白了自己碗里的粥是"人粥"。

但全校竟然没有一个人愿意将这粥倒掉。

〔原载《结局并非如您想象》，获2004年（第三届）全国微型小说（小小说）评选三等奖〕

神秘人来电

那是 80 年代末的事了。那时我在一家文艺期刊打工。

我的任务是转接电话、将各地寄来的稿件分发各位编辑，给作者寄送样刊和通联，等等。

多数电话是找各编辑的，我只需按下不同号键将电话转往各分机。也有的电话不具体找谁，来电人只是查询一些他（她）所关心的与刊物有关的事情。

有一个人，几乎每个月的月底都会打来电话。

听声音，来电人是一位 20 来岁的女性，声音颇为低沉，没什么表情。当电话接通之后，她总是沉默片刻，然后才不带感情色彩地问："这个月的杂志出版了没有？"

开始时我没有特别留意这个人，于是就照实回答她，出了，或是还未出。她不再说什么，轻轻地将电话搁上。

由于每个月月底，她都"例行公事"似的来电，而且问的也都是同一句话，于是就引起了我的注意。我在回答了她的问题以后，尽量客气地问："请问您问这个干什么？有什么事可以帮到您吗？"

对方总是好像怕被人捉住了似的，立即挂断了电话。

这个神秘的来电人，引起我极大的兴趣。我本想将这事与杂志社其他人说说，但由于置身低层，加上他们总是显得很忙，我不敢拿一些无谓的事情打搅他们。

"神秘人"的电话照例每月打来，照样是冷峻中带着一点期望，绝对相同的一句话，仿佛是一句录音。

我自个儿在分析，这个人可能是个投稿者，急着了解刊物出版了没有，是为了看看自己的稿件有没有得到采用；或者，她是连载小说的热心追捧者，等着追情节的发展。

是电话来电显示功能的发明帮了我的忙。我通过来电显示，在单位开了证明到电信局查到了对方的地址，然后找上门去。

"神秘人"的母亲接待了我。母亲是一位 50 多岁的人。她将我带到附近一个街心小公园。母亲说在家里说话不方便。

母亲说每月打电话的人是她女儿，今年 22 岁。小时候，她是个漂亮、聪明伶俐的孩子，跳舞、唱歌、画画、写字样样都喜欢，写的作文还常常受到老师表扬，被张贴示范。不幸的是，在她 12 岁那年的一天深夜，邻居发生了火灾，火势蔓延到她家。当时母亲和丈夫都在工厂里上夜班。待接到通知跌跌撞撞赶回家，女儿已被烧得走了形……后来，命是保住了，但容貌全毁了……从此，她再没有出过门，也不愿见任何人。每天，就躲在小房间里写呀写，等写好后，就让母亲拿到邮局去投寄。

第二天，我在未被采纳的一大堆来稿中找呀找。我终于找到了许多份据我分析是女孩的来稿。字写得歪斜，像是书写有困难；内容上比较幼稚，是关于幼年时代的一些回忆：大人带着上公园啦，回乡下外婆家啦，快乐的少先队队日啦……每篇的署名都是"春芽"，稿末没有联系地址和电话，只注明"如不采用，不必退稿"。

于是我就想，她文化程度偏低，加上 12 岁以后就处于与世隔绝的状态，缺乏对外界的了解和对生活的体验，这样不断地写，只会换来不断的失望。

尽管我也置身社会底层，处境也很差，一种道义感促使我决心给这位可怜的女孩写一封信……

又是一年春草绿的时候，我突然记起了这位笔名"春芽"的女孩——在我寄出了那封信后，似乎就再也没有接到过她那冷色调中带着期盼的查询电话。

好奇心促使我又一次找到了"春芽"的家。

春芽妈流着泪向我回忆，几个月前，女儿收到一封信，反反复复看了许多遍。第二天，趁家人都不在家的时候，开了煤气阀……走了……

春芽妈打开了那扇 10 年来从不向外人开启的房门让我看，我见到窄小的房间里，收拾得非常整洁，墙上贴着一些看来是从报刊上剪下来的图画，一些女孩子喜欢的布娃娃玩具摆放在案头，床头柜上放着一只电话分机，看来，每个月的电话，就是从这里打出的。

我问春芽妈，春芽"走"之前有没有遭遇什么异常情况？

她泪眼婆娑地摇了摇头。她说她找到女儿最后收到的那封长信，那是一个心地非常善良的编辑写的，信上讲了许多关于人生的道理，难得这世上有一位这样关心残疾女孩的人……

这时，我的脊梁骨不觉一凉。我猜想可能正是我的一封信断送了女孩的生命。

一个生活在"真空地带"、需要用童话、幻想和期盼支撑的生命，如果一旦明白了现实生活中的许多道理，那么脆弱的七彩肥皂泡也就破灭了。

〔获 2005 年（第 4 届）全国微型小说（小小说）评选三等奖〕

谅你挣不到一元钱

暑假过后，锋就要升大二了。他读书的大学距家 800 多千米，只有假期才能回家。

锋的样子长得很像爸：高高瘦瘦，头发浓而黑。唯一不同的是，锋的双眸是灼灼有神的，老爸的眼神很有点岁月留痕。

锋的爸是一家国有事业单位的小头目，每月拿着不低的工资；母亲在一家效益不佳的企业打工。总的来说，家景算是温饱有余。

从读中学时起，爸就爱给锋讲小时候的贫穷，讲知青岁月的艰辛。开始，锋像听故事一样感到新奇，但同时也感到有点不可思议。他寻思，那都是经过夸张了的，是父亲为了培养自己节俭习惯的说教。

锋嘴里不说，心里却反感：现在都什么时代了？从前是从前，现在是现在！老爸这人说老不老，但脑筋早已陈腐僵化得不行！

这次暑假回家，锋决定"敲"老爸一笔，然后和女朋友去江西庐山度假，避避暑。当然，口里说的是和同学相约做一次"红色之旅"，"重温激情岁月"。

老爸没说给，也没说不给，又"祭"起了说教法宝。锋不耐烦了，脱口而出道："你不嫌烦，我还嫌烦。干脆点，给还是不给？"

老爸也来气了，但没表现出来，说："你长这么大，还没有体会到挣钱的辛苦。这样吧，如果你不凭借自身以外任何手段能赚到一块钱，那么你提出的这笔费用我给。"

锋负气地说："老爸你说话可得算数！"

与其说是为了得到一笔钱，不如说是为赌一口气。锋真的两手空空地出门了。

他先是想到帮人擦鞋。可是一无工具二无鞋油，不成。他想到帮小饭店送外卖快餐，可一连问了好几家，几乎家家都说现时人手够了。只有一家店主反复审视锋，说，是需要一名送外卖快餐的人，但需要有劳务市场介绍函件，起码要有本地户口的身份证。可是锋没能提供（锋的户口已随迁学校）。

锋忽然想起，自己的歌喉还可以，倒不如到中档饭店去卖唱，也许能弄到点钱。于是他挨个进入小单间，问："先生、小姐，需要听歌吗？"

几乎每一个单间的人都投来不耐烦的甚至是鄙弃的目光，大概他的出现打扰了人家的聚会，扫了别人的雅兴。有些不客气的，甚至挥着手"去去去！"地驱赶他。有一回，一个老板模样的食客对服务员说："怎么搞的，你们饭店竟允许这种卖唱的进来。吵死人！"于是服务员马上对锋说："请你不要打扰客人。要不让老板知道，我会被炒鱿鱼的！"

但锋不死心，他又进了另一家小饭店，敲开了一个小单间的门，他畏畏缩缩地重复当天重复了许多遍的那句话。没想到，意外发生了。一个干瘦干瘦的男人从口袋里摸出了一元钱，扔在地上，说："年纪轻轻、有手有脚的，出来讨钱，讨厌！滚吧！"

这时候，如果锋弯腰捡起这张皱皱巴巴的纸币，他算是赢了。但不知为什么，人固有的一点尊严，突然将他击得晃了一下。他稳住自己，没有弯腰捡钱，轻轻地拉开小单间的门，含泪离开了饭店。

他重新走在大街上的时候，他感觉并没人注意他，他和所有来来往往的人一样，都是平等的，他感到自己在这世上其实不比别人卑贱。

起码在这一瞬间，他心悦诚服地愿意放弃原先正在争取的与女友上庐山度假的享受。

得到别人平等地看待，这种感觉已经很幸福。

〔获 2006 年（第五届）全国微型小说（小小说）评选三等奖〕

赵校

　　赵校长要进城治病的消息像一阵风传遍了狼牙山村。

　　这狼牙山村是全省海拔最高的村，那峭拔嶙峋的山峰，远看就像狼牙般参差错落。全村分为 7 个自然村，就像星星一样随意撒落在山间，总人口不到 500 人，却有一间"麻雀学校"。早几年曾合并到山外的，不过这样一来，村民就都不让孩子念书了。没法，只好恢复了狼牙山学校。

　　学校里只有 9 名学生，分成 4 个年级。校长、老师就赵老师一人兼着。反正是一句称呼，村民便都称赵校长，简称赵校。

　　赵校是 1983 年那阵进山支教的城里老师。当初支教的年限只是 3 年。但 3 年过去了，却找不到人来接班。赵校牙一咬，就留了下来。这样一来可苦了妻子，照顾孩子、服侍公婆的责任全都落到她一个人身上。赵校只在每年的寒暑假期才回到她身边。

　　狼牙山小学位于万山丛中一片小平地上。每天早上，赵校都摁响那部老式录放机，领着 9 名学生举行升旗仪式。每当看着庄严的国旗漫卷着雄壮的国歌声慢慢升起，赵校就感觉到全身热血沸腾，仿佛一名运动员站在奥运领奖台上一般。

赵校进山那年才是 20 多岁的人，如今 20 多年过去，他已是奔 50 的人了，过早谢顶的头上早生华发。白天，校园里欢声笑语，一派生机；可到了夜里，就剩他孤身一人，常有狼嗥声从深山里传来。他在晃动的灯光下批改学生作业、准备明天的课程。困倦时，他靠抽烟提神。他抽的是生切烟，老乡称为"棺材钉"的自卷烟。这烟辣中带苦，够劲！

可是近年来，他每每咳嗽得厉害，并且发现痰中带有血丝。这次寒假回城，妻子逼着他去医院检查，初步诊断为肺癌，医生要求他立即住院治疗。

赵校说什么也放心不下校园和孩子，他要回去安排好一切，然后再办住院手续。

临别那天早上，赵校含泪再一次主持了升旗仪式。几十位村民和学生家长闻讯赶来送行。每个人手里都拿着礼物，大部分是农家自养的家禽、鸡蛋、番薯、芋头等。每一样东西，赵校都亲手接过，然后又双手送还。他说：我要走 40 里山路才到镇上，搭 70 里汽车才到县城火车站，怎拿得动这么重的礼物咧！

只有一样东西，赵校收下了，那是一小袋果松子（嗑去坚果壳即松子仁）。赵校郑重地将它转交给前来护送他回城的村主任，要求村主任用它育苗、绿化学校周围的荒山。赵校说，待苗木长起来，我就回来了！

果松子才长出一寸的芽，赵校真的回来了。不过，是用骨灰盒装着回来的。那一天，学校操场上的国旗下半旗，全村人都集合到操场上举行隆重的葬礼。

葬礼上，村主任含泪宣读了赵校的一封遗书。

赵校在遗书中说："当生命进入倒计时的时候，回想往事，我发现自己有很大的失误。我总是鼓励孩子们，学好本领，走出大山。我甚至将这句话写成大大的美术字，贴在黑板的上方。我到狼牙山村执教 23 年，为上一级学校输送了100多名优秀生，却没有1人重返山村，改造山村。因此，23年过去了，狼牙山依旧是贫穷、落后。现在，我要将这句话改为：学好本领，报效祖国，回馈家乡。一个真正的爱国者，应该同时热爱自己的家乡……"

操场上，只有山风在呜咽，伴着村民们低低的啜泣声……

〔获2007年（第六届）全国微型小说（小小说）评选三等奖〕

翻脸

冬日的一个早晨，阿实正吃早餐，就听见堂哥阿亮在屋外叫。阿实忙将堂哥迎进屋。

阿亮和阿实都是农民，这些年搞种养、搞运输，都赚了几个钱，又都建了新屋，是"二层半假三层"的那种。阿亮进屋，随便找个凳子坐下，目光环视了一下堂弟家的光景，然后开门见山地说："近来手头紧，两年前你起屋时，从我那里周转去的两万元，该还我了。"这地方的人说话避忌一个"借"字，而说成"周转"。

一听这话，阿实双眼像点着了火，他将手中的碗重重地往桌上一放，说："你搞错了吧？那两万元，上个月我不是还你了吗？"停了停，又说："我现在还记得，是150张百元票，100张50元票，当时还有堂嫂在场呢，她可以作证！"阿实老婆听到他兄弟俩的争执，也从厨房走出来，说："大伯，"这称呼是跟孩子叫的，"那天阿实拿着两万元，是说去还你款的。你再好好回忆一下。"

阿亮不愠不火，说："他说没说还款我可不知道，即使说了，也不能证明他后来就是到了我家，退一步说，即使他真到了我家，也不能就证明是还了钱。"说着，他从口袋里拿出了阿实当初借钱时立下的借据，在手中扬了扬，说，"你说是还了，那怎么借据还在我手上呢？"

这时候的阿实，火气一下上来了，他一个箭步蹿上去夺过借据，三把两把扯得粉碎，说："没想到你会被几个臭钱迷了心窍，连兄弟情分都可以不要。那天我去还钱，是忘了从你手上讨回借据，没想到你变得这么无情寡义，利用我的疏忽敲诈我。你这么贪钱，去打劫吧！"没想到，阿亮却一点也不动怒，相反带点嘲讽意味地微笑着，说："我早料到你会使蛮。不过不要紧，你扯掉的只是复印件，原件还在我家里。"说着，他边往外走边说，"现如今一切都讲法，一切都重证据。你若识相的，还我两万元，大家免伤和气；若是胡搅蛮缠，我一纸诉状告到法庭，到时你钱得照还，还得承担诉讼费。要是你敢使蛮，那就等着法警强制执行吧！"

阿实也站了起来，对着堂哥的背影说："你就回家等着吧，我一定还你，还你几千亿！不过不是人民币，而是阴司纸（冥钱）！"没想到，阿亮真的把堂弟告上了法庭。经过几轮庭审，输的当然是阿实。法庭判决：限阿实在15日内将两万元欠款还清，并承担诉讼费。

执行判决期限的最后一天，大老早的，阿实便用塑料袋拎着半块砖头厚的一摞票子，走进了阿亮家，"砰"的一声将票子往桌子上一拍，用几乎能震塌屋的粗嗓子吼道："这里是两万整，睁开你的狗眼看清楚，拿去买几副上好棺木吧！"阿实这人活了将近40年，从来未骂过人，今天大概是第一回"开荤"。他的手按在那摞钞票上，说："你若不将当初的借据拿来，敢碰一碰这票子，我就将你当强盗！"阿亮脸上带着一种揶揄的微笑，将借据双手奉还堂弟，然后接过了钞票。

阿实发狂地将借据扯了个粉碎，然后一把掼在堂哥的脸上，转身扬长而去。

当天晚上，阿亮拎着早上收到的那摞钞票，走进了阿实家，对依然怒气未消的阿实说："阿实，我这次并非想诈你两万元，只是想教训你一番。当今搞市场经济，经济往来频繁，过去的那种单凭感情、凭信用办事手法，必然会带来隐患无穷。上次你在还钱时，不索要回借据，结果就只好吃官司、赔冤枉钱。你在庭审时说千道万有用吗？结果还不是输了！"说着，阿亮将早上那两万元双手交回堂弟手上，说："这次花了一笔诉讼费，就当是买个教训吧！"

（入选《中国新时期微型小说经典》，长江文艺出版社 2004 年 3 月）

护林老人的 "诗传单"

适逢闲暇时间，我们一家子一起去大南山森林公园远足。

这是一个购票公园。从正门大牌坊到林区入口，中间隔着健身广场、游泳池等设施。时值寒冬，显得有点萧索。

在林区入口旁，有一间小木屋，屋旁显眼处，竖着一块大牌子，蓝底白色方块字写着："谢谢光临。请留下火种。"旁边较小的字写着："请留下火柴、打火机。在出口处可取回同等的火柴和打火机。"

我是不抽烟的，同行的人也不抽烟，自然身上就不会有火种。但是公园这种严格的防火意识，却让我产生了好感。

小木屋旁，坐着一位面目和善的老人。说他是老人，是因为他脸上布满皱纹，实际年龄可能并非很老。

老人朝我们和善地笑笑，说："如果身上有火种，请留下，谢谢。"说着，老人递给我一张像藏书券般大小的卡片，说："这是我写的小诗，请不吝赐教。"

我接过来，见上面是很工整的字迹，写着："春天在哪里：春天在林冠筛下的光斑里，春天在务林人手心的老茧里。"

一个看林子的老人有闲情逸致派发诗传单，这引起我的兴致。于是我示意家人在附近小憩，让我和老人聊聊家常。

我说："您手上的卡片，写的都是一个内容吗？"

他说："不是的，有许多版本，甚至每天都不一样，常写常新。"

我接过他手上的那一叠卡片，一张一张看，果然内容都不一样，但大多都与森林、绿色有关，是他对绿色的真情实感。

我问："您过去读很多书吗？"

他说："我过去读到大学毕业，但不是林科。在中学阶段，我经历了大炼钢铁疯狂砍树的年代。工作后，参加过毁林造田和围湖造田。这种种违反自然规律、破坏生态环境的行为，导致了大自然对人类的报复。于是在退休以后，我就回归自然，决心用实际行动弥补以往的过失。"

我说："进林区的人，都会自觉将火种留下吗？"

他说："开始时，自觉将火种留下的不多，因为出口跟入口不在一处，他总不能多走许多路再踅回来取火种。后来我想，火柴固然很便宜，打火机通常也就是一两元钱一只，于是我用退休金买了一批，放在出口那里。游客在这里留下了打火机、火柴，到出口时可挑回一只合他意的。日子长了，我每天将在这里收到的拿到出口处，这样就形成了一个循环。采用这个办法，几乎每个带有火种的人都乐意配合我的工作。"

在我们说话的过程，不断有游客经过，他们也都很自觉地将火种留下，并从老人手中接过他的诗传单。

"你在退休前也常写诗吗？"我问。

老人说："说起来见笑了。大学时，我读的是文科，毕业后分配在文化馆当文学辅导员。我辅导过许多业余作者，其中有的还加入了中国作协。至于创作方面，我却是一个失败者。现在回想起来，问题主要在缺乏生活体验。退休后，我已彻底放弃文学追求了。"

我说："那你现在不是常写诗吗？"

他说："是林区生活给了我灵感和激情。开初我只是写着玩，没想到却产生了效应。一次一位记者来大南山玩，发现了这件事，于是写了一篇报道《手上沾着泥土的诗人》。这篇报道引起一个绿色生态组织的关注，他们决定在我的'森林诗'积累到一定数量时，为我结集出版呢。"

老人在说这话时，布满菊瓣纹的脸上露出孩子般天真的笑容。

（获第四届"中国10大生态美文"提名，2011年3月）

老华侨的"树祖母"

骆桦是我的一位文友，住在著名侨乡九江镇。

骆桦原先是一家国企的管理人员，企业转制时，43 岁的他下岗了，接下来受雇于一位身居北美的老华侨鉴伯，任务是为鉴伯看护老家的祖宅。由于是全天候看护，所以骆桦一家三口都搬来了。

7 月的一天早上，骆桦打电话给我，说他那里出了问题，需要我这个林科大学出身的人前去"解围"。我想问问清楚到底是哪门子问题？但骆桦说，一切待你来到再说。

我急火火地搭上班车赶去了。

你道是什么大不了的事？原来竟然是园子里一株白兰树出了问题：它几天前开始叶子发红，接下来发展到落叶纷纷。

我不无讽刺地说，这么点子事，犯得着急成这个样吗？

骆桦拉我坐下，讲了这株树的不凡之处。

1945 年抗日战争结束时，鉴伯那时才是几岁大的孩子。他父母亲在烽火连天的岁月下落不明，杳无音信，留下骆鉴（即现今的鉴伯）和祖母相依为命，日子过得十分艰难。那时，园子里有一株粗壮的白兰树，每年的 4 至 10 月，它每天都有一拨一拨的花蕾长成，香气四溢。祖母就搬梯子将花蕾采下来，用一只竹筲箕盛着，走街串巷地叫卖，将卖得的钱买米回来，俩婆孙才能喝上一口粥，渡过难关。

骆鉴长到 16 岁时，福从天降。他的一个散逸多年的伯父早年流落北美，在淘金中发了财，置下一批物业，因年老无子嗣，好不容易寻回骆鉴，让他去北美继承产业。骆鉴本想带着老祖母一起去的，但老祖母害怕那地方冬春严寒，坚持留守家园，与白兰树为伴。

老祖母在 80 多岁时溘然长逝，中年的骆鉴回乡奔丧。丧事办妥后，骆鉴唯一不放心的就是这株白兰树，于是雇请本家人替他守护家园，守护白兰树。骆鉴说，白兰树就是敬爱的老祖母的化身。

看家护园的本家人老去，又雇骆姓本家人接替，骆桦已是第二任了。在一任任"护园"的精心呵护下，树龄近百岁的白兰树一直繁茂葳蕤。每年，"护园"将采摘到的白兰花晒干，然后邮寄给骆鉴。骆鉴用白兰花熏茶叶，称为思亲茶，每天饮用。

现在，白兰树叶子发红，骆桦怎么不心急如焚呢？骆桦说，鉴伯几乎每天都打电话回来，但时间并不固定。电话中，鉴伯基本不问别的事，只问："我祖母好吗？"

我开始替白兰树查找病因。经过一个多小时的"望闻问切"，我的结论是：由于灌溉过勤，加上雨季雨水多，而周围土壤板结，排水不畅，导致积水沤根，这是白兰树的大忌。我们立即动手，改善排水条件，并掺进部分沙土和腐殖土。我对骆桦说，采取了这些措施，树很快就会康复。

正在这时，鉴伯家的固话响了，骆桦三步并作两步奔过去听。是鉴伯打回来的。

我将耳朵凑过去，听听鉴伯都说些什么。

鉴伯的声音有点苍老，语速比较慢。鉴伯说，这几天身子不舒爽，这不，半夜了，老睡不着。

骆桦说，鉴伯，您这是因为心有牵挂。前几天我说过，祖母叶子有点发红，令您担心了，现在已找到了病因，只不过是湿困，已进行了根治，过几天就会好的。

电话中传来鉴伯一阵咳嗽声，然后听见他说，昨天我去看医生，医生也是说我湿困呢……

（获第五届"中国10大生态美文"奖，2012年10月）

活着不能没有爱

庄丽怡已过不惑之年，女儿都已读初一。但她身段依然姣好，头发依然乌黑，眼角一点鱼尾纹都还没有。她常对着镜子发呆，一看就是老半天。

她丈夫是某大酒店的点心师，每天深夜4时便起床上班，因此每晚很早便睡。只有丽怡和女儿二人在客厅里将音量调小看电视。母女俩都看得很专注入迷，尤其爱看爱情戏、家庭温馨伦理剧。每当看到男女之间海誓山盟、追逐求爱的"火爆"片段，更是目不转睛。女儿是因为一种新奇感，而丽怡则半是钦羡半是疑惑，她怀疑那仅仅是戏剧，人世间不可能会有那样的事情。

每当她对着镜子的时候，就常常想，一个女人，被人爱着将是一种什么样的滋味？

她就不曾感受过爱。在她的42年人生经历中，不曾有人主动追求过她，不曾有人给她写过情书，也不曾有人对她说过"我爱你"。"文革"中她当过6年知青，1978年回城后，先后有三起做媒的上门来为她说亲。

父母经过比较，选择了一位诚实厚道、政治条件好，又在国营单位工作的男子童家满（就是现今的丈夫）。遗憾的是，他们之间建立不起感情。

结婚时，男方单位为他俩举行茶话会。来贺喜的双方的同事亲友起哄，要童家满当着大家的面说"我爱你"，然后吻她一嘴。但不管大家怎么起哄，木讷的家满就像根树桩似的站着不动。大伙见哄他不动，又要求他唱一支歌。鼓动再三，他脸红筋胀地唱了一首以前学的语录歌："我们的同志在困难的时候，要看到成绩，要看到光明，要提高我们的勇气。"歌唱完了，勇气却没有提高，还是没说出"我爱你"。

忆惜犹昨，一晃眼 10 多年过去了。10 多年来，她未曾感受过爱的甜蜜，心贴在一起的那种悸动，家满也竟然没有说过一次"我爱你"。他们之间是一对地道的"柴米夫妻"。她开始明白爱情和婚姻有时并不是一码事。

她常常想，被人追求，被人爱着，一定是很幸福的。倘若被人真爱一回，死也值得。

有一天，她突然想起在农场当知青时场部卫生所那个张医士，她忽然醒悟到张医士可能是爱她的。因为有一次她去看病时，偶然说起过《红楼梦》这套书，张医士便不顾一切地借回了一套，并且决心为她手抄下来。因为那时连看《红楼梦》都被认为是"追求地主资产阶级情调""丧失革命斗志"，因此张医士只有在夜深人寂时躲在屋里紧闭门窗秘密地抄呀抄呀，大热天也是如此。须知那时是连电扇都没有的。可是直到丽怡回城时，还未抄完。后来丽怡和家满的婚事定下来，并很快完婚，她觉得不应该接受丈夫以外别个男子的礼物，于是写了一封信，叫张医士不要再抄了……

现在，她明白到，张医士这样痴心舍命地为她抄书，是对她有情有义，因为 10 多年来，家满从来就不曾表现出即使如这事 1/10 那样的痴情，但是张医士当初却为什么不说穿道明呢？

从此，她就经常对着镜子想张医士。

她渴望今生有人给她写一封求爱信。

可是日子就那样平平淡淡过去，既没有夫妻吵架的波澜，也没有爱的眩晕。

她突然想到，何不让想象中的张医士给自己写一次求爱信？于是她就在梳妆台边，一笔一画地写呀写：把那些从书上、从影视上学来的爱呀，生呀死呀甜呀酸呀泪呀写了满满两页纸，落款是张柯（张医士的名字）。

读着这封信，她感动得泪流满面。

每当寂寞难耐时，她就把这封信拿出来读一遍，一边读一边流泪。读完，就将它锁进出嫁时自己买的一只精致的梳妆盒里。

她感到自己有了女人应有的秘密。

她感受到了被人爱着的幸福。

〔入选外文出版社英文版《中国小小说选集》（2005 年 1 月），2005年 12 月加拿大多伦多圣力嘉学院（Seneca College）选为英语教材〕

爱情需要借口

为了节省时间、提高办事效率，欧总经理决定，购买 6 台摩托车，让管理人员外出办事时"摩托化"。为此，各科室管理人员中，未学会开摩托的 6 男 4 女，限期在两个月内晚间或星期天时间学会并领取牌照。

一个多月后，10 个青年人全都回来报喜，说笔试已大功告成。

又过了 10 来天，4 名女办事员也都相继回报，说路试已达标，可领取执照。而 6 位小伙子，却没有一个达标的，也就是说，在第一次实地路考中，全部败下阵来。

欧总苦笑着摇摇头，自言自语说："自古有话，巾帼不让须眉。现在看来，何止是'不让'，简直是巾帼通胜须眉了。"

又苦练了两个星期，第二次路试拉开帷幕。

在路试中，不仅要走平路直路，而且要走 8 字路、蛇形路，最难的是上斜坡后走袋形路。许多人就是在这里人仰马翻的。

第二次路试结束，战报传回，6 个小伙子均告败北。

这事不由得使欧总震惊了。他想，什么 8 字路、蛇形路、斜坡、袋形路……固然是有相当难度，但这难度对男同胞女同胞都是同等斤两的呀！为什么女的能达标而男的就屡屡败北？

待到第三次开考时，欧总瞒着那 6 位小伙子，悄悄地赶到现场，躲在不显眼处看个究竟。

情况一切正常。只见 6 个小伙子轮着上阵，未轮到上阵的，都在附近加紧练习。

奇怪的是，几乎每一个人上了斜坡，转入袋形路时，都连人带车翻侧，考试又一次宣告失败。

欧总想关键的难点在斜坡和袋形路上，以后抓紧专项攻关不就成了吗？

正待他转身欲走之时，他突然发现一个"异常情况"：6 位小伙子虽然又一次失败，但个个脸上都毫无灰心丧气的神色，相反兴致却非常高。他还发现，有一位姑娘辅导这 6 位小伙子。于是他也走上去看个究竟。

不看犹可，一看，他的眼睛不由一亮，这姑娘委实是漂亮；高挑的个子，结实匀称的身材、一束乌黑的吹烫得十分好看的头发扎在脑后、一张鹅蛋形脸盘上，两只大眼睛扑闪扑闪的像会说话，那端直的鼻梁下是一张含笑的小嘴。经打听，原来她是这里的监考员之一，叫金小姐。

6 个小伙子像众星拱月似的围着金小姐，听她边讲解边操作，每个小伙子都带着一种诚惶诚恐的殷勤样。看来，6 个小伙子和这金小姐都已混得很熟。

欧总心里闪过一道亮光。他明白了，这 6 位小伙子并不是特别蠢，也不是技术不过关，而是为了多一点接触这金小姐的机会，所以路考总不过关。

第二天，欧总将 6 名小伙子召到办公室，和颜悦色地对他们讲了一个故事。他说，读大学时，每逢周末舞会，都有一位很漂亮的女生教他们几名男生跳舞。当时，他非常爱这位女生，为了更多地得到她的辅导，他总是装作学不会……讲到最后，他突然话锋一转，说："那位女生终于没有爱上舞场上的低能儿；同样，一个靓女，大概也不会爱上一个连摩托车路考都通不过的笨蛋吧？"

这点睛之笔，着实使这6个小伙子不由伸了一下舌头，都从心里感到，总经理在透视别人心理方面，确实犀利。

在第四次路试时，6个小伙子中有5人已经达标，只剩小董一个人依然吃了败仗。欧总微笑着说："这事不难理解。俗话说，百密一疏。小董样样都比别人技高一筹，而在某个方面上手慢些，这可能同他平常不好动有关。不要紧，慢慢学吧。"

……

几个月后的一个假日，欧总惊奇地发现，小董驾着一部崭新的本田摩托车，飞快地向海滨泳场开去，小董的身后，坐着那位俏丽的金小姐。

事后，欧总问小董："你是什么时候考上牌照的？"

小董说："最近呀！"

欧总说："你干样样都易上手，为什么学开摩托车屡屡败北？"

小董说："这……你不是已经看透了吗？要是我一下子达标了，还有机会上考场吗？"

欧总在这位调皮鬼面前，笑得有点喘不过气来，说："那时候，一位女生没有爱上舞场上的低能儿；而今天，一位靓女却爱上了一个总学不会开摩托车的笨蛋。看来，我的故事已经过时了。"

〔入选外文出版社 2005 年 1 月英文版《中国小小说选集》，2005 年 12 月加拿大多伦多圣力嘉学院（Seneca College）选为英语教材〕

败笔

今天这一节写作课是本学期最后一节写作课，也是顾教授教学生涯的最后一课。他已年届六旬，并办了退休手续，只因课程需要，学校安排他教完这个学期。

30 年前，顾浩教授大学毕业刚登上教坛时，很喜欢写作，尤其爱写短篇小说，可是却屡投不中。他感觉自己不是写小说的料，于是就改为从事文艺理论研究，重点研究短篇小说，编写过几本关于短篇小说研究的理论书籍，其造诣达到了较高境界。

众所周知，对于教师来说，文学创作成果是无助于评职称的，而理论研究的成果恰恰相反，往往成为晋升职称的阶梯。为此，从恢复职称评定起，顾浩就评了个讲师，5 年后评了副教授；又过了 5 年，顺理成章地成了教授。他曾经对学生说，人的才能的发挥，要顺其自然，要扬长避短，善于选择适合自己的路，千万不要在一棵树上吊死，比如我……

顾教授到底教过多少学生？连他自己也说不清。古今中外无数作品，被他分析得头头是道，但却没有学生读到过他创作的作品。许多学生忍不住总想拜读他创作的作品，他就说："善于教别人怎样写作文的人，往往自己却不会写，这种现象在教师队伍中普遍着呢！"

可是今天这最后一课却出乎大家的意料，顾教授拿出一篇打印的、署着他名字的小说，要求大家读后展开评论。他特别声明，优点不必说，只希望大家指出作品的缺点和不足。

打印的作品发下去了，全班学生都在专注地阅读，教室里除了偶尔发出轻轻翻动纸张的声音，静得恍如空无一人。顾教授像一位纺纱厂的挡车工，轻轻地巡察在由课桌组成的"车间"里。他看见的是一张张或平静或木然的脸。

其实，那只是一篇刊登在地摊小报上的粗劣之作，顾教授把文章裁下来，抹去原名，换成自己的名字，然后交打字室打印。

待大家读完之后，顾教授谦和地再次声明，只提缺点和不足，优点不必说。长时间的冷场。于是再启发。

终于有学生发言了。开了个头，发言者就一个接一个，场面一下子热闹起来。只是发言的内容都是一味地赞扬：什么感人至深，过目不忘；什么20多年来第一次读到这么深刻的作品；什么感动得只想流泪，什么堪称经典之作……颂歌声声逐步升级。

待"颂歌"高潮过后，坐在后排的一位略显瘦小的女学生举手要求发言。

她说，开始时她不敢相信这篇作品出自顾教授之手，因为实在太粗浅了，但既然顾教授肯定了这是他的作品，这实在又无可置疑。既然顾教授广开言路，实行艺术民主，那就请恕学生多多冒犯了。我认为该作有多处败笔：一是格调比较低俗，一些露骨的男女交欢场面描写非情节发展所需；二是编造的痕迹较重，既缺乏生活的真实，又缺乏艺术的真实；三是使用"误会法"的手法比较老套；四是人物刻画平面化……

全班同学都惊呆了，有个同学在一张小纸片上写上"书呆子、白痴、不识时务！！！"传给邻桌。

教室里死一般寂静，大家不知将发生什么。只见顾教授踱回讲坛，庄重地说："大家给点掌声！"

大家不明其意，只有稀稀落落的几个人拍掌。顾教授再说："我提议，为最后发言的这位女同学，掌声鼓励！"于是教室里响起了较为热烈的掌声。

待掌声过后，顾教授严肃地说："以大家现有的水平，一篇短小说的优劣得失，应该是了如指掌的。遗憾的是，除了这位女同学，所有发言者都在违背自己的良知唱颂歌。我真不明白，为什么不敢说真话？为什么？"

静，死一般寂静。

顾教授洪钟般的嗓音又响起了：

如果我们的学校只能教会大家无原则地唱赞歌而不会说真话，那只能说明我们的教育存在着不可忽视的问题……这足以反映了我们教育上的败笔。

〔入选《名刊 2003 微型小说佳作》（漓江出版社，2004 年 2 月），2005 年入编江苏省武进高级中学语文实验教材"A·名作欣赏"〕

荣誉拍卖

（一）

那是 80 年代初的事了。为庆祝国庆节，市里举行了规模盛大的群众集会。大会会场的主席台两侧，还设了观礼台，将各级英模人物、劳动模范、烈军属代表、先进科教人员……请到了观礼台上。

那一天，尹大叔红光满面，穿上一套旧军装，头天晚上还对着镜子，认认真真地将过去的立功奖章分两排别在了左胸襟上。

庆祝大会开完了，尹大叔本应回家了的，晚上还得出席一个文艺晚会。但他这时想起，还得去为老伴买一瓶止咳药水。反正在会场附近就有药房。

尹大叔买了止咳药水之后，正考虑怎样解决回家的交通问题，这时正好见到儿子军生开着摩托车经过。尹大叔忙将儿子叫住，让他捎个脚。但军生好像有意回避似地说："我还有事，你打个'的'回去吧！"说罢，逃也似的开着车溜了。

尹大叔这人一生勤俭，好歹不肯花钱"打的"，便迈开行军步走回家去。回到家，竟出了一身汗。刚一坐定，便将军生刚才的表现对老伴诉说起来。

尹大叔的话还未说完，老伴好像早已知道事情的全过程，边咳嗽边打手势让老头子别说。咳够了，就说："军生说了，现如今，大腕大款才光鲜。他说你身上挂满叮叮当当的什么奖章，别人会笑话呢！"

尹大叔一听，脸马上涨成了猪肝色，像和老伴吵架似的吼道："噢，原来是这样！怪不得像躲怪物似的避开我！别人倒没笑话我，倒是这小子脑瓜子有毛病！"尹大叔气得像扯风箱似的喘粗气，又说："大款大腕？我才不稀罕！没有这些功勋章，哪来现如今的大腕大款？"老伴心里一急，又咳得满屋子都震动起来。

（二）

今天是星期天，早已退休在家的尹大叔像往常一样，又出去活动腿脚了。他每天都去老干活动中心。一天不去，那些老战友便会打电话，询问可是病了怎么的。

等老爸走远，军生将老妈子拉到一边，悄悄地说："妈，我看老头子怕是老糊涂了！"

老妈子一听，说："没有呀，他脑瓜子清醒着呢！"

军生说："昨天他竟然问我，要拍卖物品得办什么手续？我问他要拍卖什么？他竟然说要拍卖他那些摸都不让摸的宝贝勋章！敢情他今天是去找拍卖行呢！"

老妈子说："是有这事。那天他看报，看到一位奥运举重女冠军要拍卖金牌，将所得款项用来建希望学校。老头子便自言自语地说，这是条好路子呀，这是条好路子呀！"

老妈子说着，走进房间七翻八翻的，翻出一封江西老区来信，是老头子家乡村委会寄来的，说收到老头子支援办学的 1.2 万元汇款。

老妈子疼惜地对儿子说："千万不要说你老爸老糊涂呀！他比我们都清醒着呢！昨晚他睡不着，唠唠叨叨说，荣誉是人民给的，应该还给人民！"

（入选《世界华文微型小说研究》，北京燕山出版社，2005 年 6 月）

候诊记

那天早上起床晚了，飞速下楼时，在楼梯拐角处的第二级楼梯踩上了一个废弃的易拉罐，一下子坐了"直升机"飞到了楼下。结果是扭了脚脖子，左脚小趾骨两处骨折（这是后来通过拍片才知道的）。

于是就得去看骨伤科医生。

这家医院只有一位姓贝的骨伤科医生，据说是一位骨伤科"圣手"。诊室的门口，横着一张桌子，仅留下能供一个人通过的窄口子。桌旁坐着一位中年护士。桌旁的墙上贴着一张字条，写着："叫号入内，按序排队。"桌面上放着一个尖头朝上的挂号单插座，严格按次序"放行"，大有一"妇"当关、万夫莫开之严格。

我跛着脚走到"关口"跟前，想向护士说明情况，希望能让医生先开一张处方让我去拍片子（以前我发生过骨折，诊断的"程序"都是先拍片子）。

护士没有听我申述完，只看了看我的"号单"，就用曲着的手指敲了敲墙上那张"告示"，示意我"按号排队"！我只好跛着足又回到队尾去。

我默默地数了一下候诊的人数：13 人。按照 10 分钟处理一个病人计算，应该是 2 小时 l0 分钟后轮到我。于是我满怀信心又满怀希望地等着。

　　在这家医院里，有一位以前我教过的学生——护士小 A。如果我打个电话，或写一张条子，请偶尔从我跟前走过的医务人员带给小 A，请她来向把关护士或医生疏通一下，也许很快可以轮上我看病。但我没有这样做，因为如果这样一来，我实际上占夺了我前边这 13 位候诊者的时间。当我还很小的时候，父亲就曾教育我，不要做损人利己的事，不要做将自己的快乐建筑在别人痛苦上的事。

　　我正在胡思乱想的时候，有一个夹着公文包、衣冠楚楚的年轻人走到把关护士跟前，俯下身子同护士讲了几句，护士就客气地站了起来，表示了"可以照顾"的意思。于是这位夹皮包的人就走到走廊那边，恭请一位大概是他的上司的人走进诊室。看来这位"上司"的病不是一般的小恙，大概是一些陈旧性骨伤或是与骨骼、神经有关的疑难杂症，因为他在诊室里足足"调理"了半个多钟头才出来。

　　不断走到诊室门口向里投进焦急目光的排着队的病人终于松了一口气，因为又可以恢复"叫号入内"了。

　　又叫了一个号。这个"号子"还未看完病，走廊那边一阵骚动，大概是一位遭车祸的伤员，被几个人抬着进来。一位医务人员过来通知贝医生过去做应急处理。贝医生过了好大一会儿才回来，白大褂上好像还沾了点血迹。

　　"把关护士"还未叫下一个号，有一位本院的医务人员同一位病人有说有笑走过来，同把关护士打了个招呼，便将那病人送进了诊室……

　　我静静地坐在候诊的走廊里。随着时间向中午推移，气温越来越高，使人心里也越来越焦躁。我的脚背开始肿起来，并且痛感越来越加剧。人们在我面前匆匆走过，都像赶着去办很要紧的事。此刻只有我和同我一样排着队的患者显得最悠闲。其实，单位里有许多事等着我去做；也正是由于这个原因，我早上下楼时才跑那么快。

这时，又一个人走到把关护士跟前，说："下午我要跟董事长出发了，得为他开点药。"他看了一下表，显得时间很急迫，"我还要赶回去拿文件，然后赶去机场。"他被放行了。

又一个人匆匆走来，说："等会儿我还有一个会，我还得在会上讲话呢！"他也被放行了。

"他们的事都比我重要。"我苦笑了一下，想。

这时，排在我后边不远处的一位男士，从口袋里掏出手机，按了号，同对方嘀咕了一阵子，然后走到"关口"，对里面的贝医生说："贝医生，您的电话！"护士让他进去了。只见贝医生很不耐烦地接过手机，但对着手机交谈了几句之后，贝医生绷紧的脸松弛了下来，出现了虽无奈但却谦和的笑容。他对着手机说："您放心，您放心。"

时间已到了 12 点 30 分，过道里的人流已经稀疏下来。把关护士站起来，将插在插座上的挂号单子取下，说："下午两点钟继续。"然后就走了。

上了年纪的贝医生看完了一个病人，站起来，开始脱白大褂。他脸上带着倦意，一上午的折腾，他已很累了，可能也很饿了。他将白大褂往墙上的钉子上挂，挂了好几次才挂住。

贝医生从我面前走过，带起了一阵小风。

我完全没有责怪贝医生的意思，相反，我很敬重他。我默默地数了一下，排在我前边的患者还有 7 个人，而排在我后边的还有 3 个人。

（入选《2000 中国最佳小小说》，漓江出版社 2001 年 1 月）

一生中最有意义的事情

　　大学毕业后，我被分配到云南边疆从事森林勘察工作，一年中有多半时间在林区山野跋山涉水。

　　那一年冬季，我去了一个叫桥头堡的地方。像其他许多集镇一样，那里供销社、农机厂、农资公司、邮电所、卫生所、信用社、粮站、旅馆、学校……大概每样就只一间，沿着既是公路又是马路的泥泞大街一字排开。那一晚，我就住在旅馆里。那时候，云南的大小旅馆，都只有大集体房间，绝无双人房。若是夫妻投宿，那么男归男住，女归女住，绝不含糊。

　　日暮时分，我一个人靠在男宿舍的床头上，百无聊赖想心事。忽听得外头住宿登记处那边传来了吵闹声，且越吵越烈。我忙披衣走出去看个究竟。

　　原来是一位军人和那位负责登记住宿的女人在争吵。那军人从很远的地方归来，只有一个星期的假期，和到镇上来接他的妻子会上了。开初，军人心平气和地想说服登记员，给他和妻子开一个单间。他将所有的证件包括结婚证都掏出来了。可是那登记员说，我并不怀疑你们不是夫妻，但按规定不能开单间，这是制度。争吵由此而起。

争吵无果。军人提出要见供销社（旅社的上级主管部门）主任。一位旅社的员工很不情愿地被指派去找。

大约过了半个钟点，主任来了。大概在路上时，去寻他的员工已将事情原委说了。主任显得很沉着很老练的样子，他没再强调即使是夫妻也不准开单间的话，他只是很厚道地说："没办法。旅社就这么一间男宿舍一间女宿舍。再忍耐一个晚上吧。明天你们不就可以转车到家了吗？"

这时，一向脑筋并不灵活的我突然生出了一个主意。我大声对在场的所有男住客说："这样，算我求各位了，大家都暂时离开宿舍，9点之前不要回来，让出个地方来，让人家大老远回来的人同妻子说句贴心话。"

"要得，这主意要得！"一个四川口音的人大声响应。大伙立马回宿舍拿件御寒的衣物，知趣地走出旅社。临出门，我回头一瞥，见军人和他的妻子眼圈都红红的，一种万分感激的样子。

入夜，边远小镇的街上漆黑且寒冷，所有店铺都老早就关门了，偶有夜行的货车喘息着开过。我们十来个男住客连个"猫"身的地方都难寻，只好躲在一个墙脚避风处，缩着脖子抽起烟。谁都没有说话，但每个人都似乎因为做了一件成人之美的好事，显得谅解而宽容。

唉，转眼间30年了。要说我这一辈子做过什么有意义的事情，就这一件罢了。

〔入选《当代小小说名家珍藏》（中卷），河南文艺出版社，2002年9月〕

老医嫩医

镇卫生院中医科诊室里，原先只有一张诊桌。坐堂应诊的是74岁高龄的老中医卢先生。这是镇上居民的老习惯，称中医为诊脉先生，对西医才称医生。

卢先生小时候只读过几年私塾，后来跟一位老中医学医。1958年那阵成立卫生院，他就成了卫生院的中医。行医几十年，医好过病人无数。不过由于他仅仅是根据师傅教下的经验行事，在人体解剖、病理学和药理学方面都知之甚少，又少接收新信息，因此比较保守，误诊和贻误病情的事时有发生。

几个月前，中医诊室里多了一张诊桌——新来了一位中医学院的本科毕业生侯医生。侯医生是外地人，在中医学院读了5年，其中包括临床实习1年，在中西医结合、辨证施治方面学有所成。

第一天上班，侯医生到得很早，不但将自己的诊桌擦抹得干干净净，连卢先生积满灰尘的诊桌也仔细地擦抹了一遍，然后将供患者垫手诊脉的"小枕头"端端正正地摆放在桌面上，恭候患者来看病。

8点钟，开诊了，一个个患者挂了号，进入诊室，都将病历本往卢先生桌上一放，排起队来。卢先生一般要8点半才来，这点大家都习惯了。患者让病历排上队，然后静静地坐在诊室外等候。

侯医生端坐桌前，微笑着与每个拿病历进来的人打招呼。但所有的病人都仿佛无视他的存在，没有一个人走到他的桌前。

8点半钟，卢先生来了，看了一眼桌上叠得高高的病历，皱了皱眉，又从老花镜上方瞥了一眼一个病人都没有的"新手"，然后对坐着候诊的人说："新来了一位先生，和我都是一样的，你们分一部分人到侯先生那边去。要不，我这里到12点都看不完。"说完，从厚厚的一摞病历本最底部抽一本出来，透过老花镜吃力地看清了患者姓名，对门外叫着名。

直到中午12点，没有一个病人走到侯医生桌前。下午仍然是这样。

一天、两天、三天……半个月过去了，仍然是这样。

人们说，看病不同理发。发理坏了，长长了再理就是；要是诊错了脉，吃错了药，可不是闹着玩的。直到第十六天上午，仍然没病人找侯医生，他只好静静地坐着，看一本古医书《金匮要略》。突然，一个四十多岁的女人走到他诊桌前，"扑通"一声跪下来，说："侯医生，总算让我找到你了。"侯医生抬眼望去，不觉一惊，正待开口说话，只听那女人大声说："那一回，我那八十多岁的老父亲一病不起，寿衣寿靴都准备好了的，全靠你几帖中药便令他起死回生。现在他越活越精神呢！后来你调走了，我多方寻找，才找到你，请受我一拜……"

此情此景，所有候诊的病人都看呆了，有几个反应快的，快手快脚从卢先生桌上将自己的病历翻找出来，放到侯医生桌上排起队来。

从此，找侯医生看病的人与日俱增。

直到现在，只有侯医生一人知道，那天跪在他面前的女人，是从老家赶来的亲姐姐。

（《小小说选刊》1997年第20期选载，入选1997年度小小说排行榜）

第二辑　小镇代有奇人出

万石匠

万石匠是我有生以来第一次见识到的舞台上的英雄。

那时里水镇因为地处偏僻，交通极为不便，经济滞后，人们普遍都比较穷，有余钱剩米花钱买一张戏票进戏棚里看戏的人很少。虽然偶有红船戏班开到埠头，开锣唱戏，但由于观众稀少，赚头小，因此很少有戏班光顾这小镇。

于是镇上一些有公益心的人就筹组自己的戏班，心想倘若镇上的人自己能演大戏，观众不用掏钱，看的人就多，生活才有了亮色。

那一晚，我看见许多人都扛着凳子，扶老携幼从家门口经过，一打听，说是林氏大宗祠门口演大戏，于是我扛条凳子也跟了去。

天黑定，大光灯将祠堂门口的麻石台阶照得亮如白昼，突然，一阵锣鼓声敲得震天价响，大戏开台了。

先是四个古装的兵丁出台亮相，然后分站两旁。一阵疾风骤雨般的大锣大鼓响过之后，一员大将登场了。只见他穿着大袍大甲，盔甲上的雉鸡尾高高竖起，雄姿英发，战袍的背面还插着 4 面三角旗，显得更加威风凛凛。他跨越几步，走到台子中央，将手中的长矛耍弄了一番，然后唱道："蛇茅丈八长，横挑马上将……"这时全场响起爆豆般的掌声。

从此我记住了，英雄大将军走台步，应该是一步高一步低地；英雄大将军唱的戏，声音应该雄浑而略带沙哑。而圆润嘹亮的嗓音只配演风流小生才子佳人。

两个钟头的戏演完了，人们扛着板凳，扶老携幼回家，一路上还在谈论当晚的"戏文"。而我总想着那位雄姿英发的大将军，心想将来我长大了，倘若也能成为这样的大将，才够威风。

后来每逢镇上戏班演戏，我必定去看，不为别的，只为见到我心中的大英雄——大将军。

几个月后，学校放暑假了，我和邻居几个小伙伴结伴去里水火船码头那边采水翁子吃，在天后庙附近，见到一间打石铺，里面堆满了大大小小各种形状的麻石（花岗石）。铺子里只有一个人，在低头凿石。他一锤一锤敲在凿子上，那凿子像放大了的铅笔，凿子将石屑一点点凿去，不时迸发出闪亮的火花。而这石匠，大约在 60 岁左右，赤裸着古铜色的上身，结实的肌肉像拧结起来的麻花凹凸不平；下身穿一条黑色宽大的中筒裤，赤着双脚。

有一位小伙伴悄悄告诉我，他就是戏台上的大将军！

我震惊了，眼前的石匠，和戏台上的大将军相比，相去何止十万八千里！

由于惊诧和好奇，我站在那里看他凿石，不想走了。

石匠偶尔要到铺面的另一个地方拿东西，或起身搬动凿好的石块时，我发现他腿是有残疾的，即俗语说的长短脚，也或许，其中一条腿有伤残，力度欠缺，所以走起路来显出一步高一步低。

不过这倒好，使他在戏台上显得更加威武。

往后，每逢有机会从石匠铺走过，我都要站在那里看上半天。我看见，店里最多的是规格整齐的条石，是用来铺路的，另外就是石础。人们修祠建屋，木柱子不能直接竖于地面，这样容易湿水沤霉，必须竖于石础上，这便是古书上"月晕而风，础润而雨"所说的"础"。除此之外，店里还有许多石碑，刻着逝者的籍贯、名字和生卒生月，用于安放在先人的墓前。

关于石匠，作为一个粗鄙的"野"孩子，我不敢同他说话，我只好向别的大人打听关于石匠的事。大人们也其说不一，有人说他年轻时闯过大地方，有人说他曾经扛枪打仗，在战争中负伤，也有人说他在专业戏班子里待过。由于石匠一直守口如瓶，任由人们猜想，他也不作解释。我除了见他在戏台子上唱戏，其余时间我未曾见他开口说话。

每次我见到戏台下的他，都是同一打扮：赤裸上身，穿一条中筒黑裤头，赤脚。南方的冬天不冷，尽管在冬天，我见他也是赤膊，但还在冒汗。他每天与石为伴，炼成了石的性格：石总是那样，硬邦邦、冷冰冰的，不言不语。

有一件事，使石匠五里八乡远近闻名。

有几年，镇子里诸事不顺，出了许多无法破解的怪事。后来请了高人来看风水，高人用罗盘东南西北测了大半天，告诉镇子里管事的，说原因出在东南角，有一股邪气冲着镇子而来。问及如何破解？高人沉吟半晌，说，除非在雷神庙门口立一巨型石鸡，让鸡嘴啄向邪气之源头，将邪气镇住，方得安宁。

刻凿石鸡的重任自然落到石匠身上。按高人指点，石鸡的嘴必须呈闭合状，就像雄鸡啄土时的样子，这样方有克邪之力。

经过九九八十一天不眠不休的努力，一只八个壮汉合力才能抬得起来的石鸡终于大功告成。随即在雷神庙大门口建了一个高台，将石鸡安了上去，鸡嘴正正啄向东南。

据说从此天下太平，怪事绝迹。

但从此之后，石匠显得心事重重，因为据说这样一来，将会带给东南向的百姓不利，石匠感到问心有愧。

次年雷神诞，成百上千善男信女去雷神庙朝拜，祈求风调雨顺、国泰民安。突然，有人发现石鸡原先闭合的鸡嘴此刻是张开的，就像破晓时分雄鸡啼鸣时一样。

所有的人都目瞪口呆，因为每个人都可以作证，他们原先看见的鸡嘴是合拢着的，呈一个尖喙状。所有人都被这一奇迹镇住了！人们不约而同俯伏于石鸡下顶礼膜拜。这一奇迹瞬间传遍四面八方。

当人们重又清醒过来时，有人想到去问问石匠，向他讨教为何会出现这一奇迹，方知石匠已魂归天国了。

人们开始怀念石匠，回想石匠平凡而又神秘的一生。人们议论得最多的是：石匠一生不近女色；石匠雕镂出来的石础数不胜数，但没有一础是用于自己建房的；石匠打凿出的条石铺满了镇子的大街小巷，都是供别人行走的；石匠刻凿的墓碑数以百计，却没给自己刻上一块。

很多年以后，每逢东方欲晓，人们就听到雷神庙那边传来雄鸡喔喔啼鸣声。

据说，那是石鸡显灵呢！

孤人倾扛

那是民国年间的事了。

珠江三角洲榕里镇有一位无人不识的孤人，50来岁，无亲无故，住在一间叫"方便所"的公屋里。

一般的人无论贫富，总有个姓名。独独倾扛没有。也许有人会问，你不是说他叫倾扛吗？但事情说来话长啦！

据老一辈人回忆，那一年北方大旱，颗粒无收。农历七月十四那天黄昏时分，有人发现一个八九岁大的男孩饿晕在火船埠头附近，于是许多街坊就拿水和食物去喂他吃。孩子慢慢苏醒过来。人们问他，你叫什么名字？家在哪里？

孩子摇摇头，只说出两个有音无字的字。我这里说的倾扛，是近似的音。因为说到人，总得有个称呼。至于这两字音和地方、人名有无牵连，不得而知。从此，当人们需要提起他时，就说"倾扛"。

开初，有些好心人想收留他，但经过查看，他的右手是"胎生"的。榕里镇的人将畸形的肢体称为"胎生"。他的右手像一只笨篱，无法像正常人一样屈伸抓握，只能在必要时助力于左手，也就是说他不能成长为正常的劳动力。又因他出现的时间是当地俗称的"鬼节"，"意头"很不吉利，因此无人敢收养他。有好心人便将倾扛带去方便所住了下来。那时候，榕里镇的社会救助机制是极不健全的，那间方便所是供无家可归者遮风挡雨之所，或者有些流浪乞讨人员因年老或患上不治之症，行将"断气"，就会被抬到方便所安顿下来"等死"。方便所没有专人管理。

尽管那时榕里镇的人都很穷，但榕里人是极有善心的，每天都有人将省下来的食物和饮用水送到方便所，因此倾扛能活下来，并成为镇上一个无人不识的"人物"。

当倾扛长到能做一些事的年龄，他就开始了一种特别的生涯，专做那些无人敢做的事情。

第一次是一个土匪出身的人，因为血债累累被仇家追杀，自知在劫难逃，跑到一间废弃的破庙里上吊死了。死后双目圆睁、舌头伸得老长，连正行的仵作佬都不敢去收尸。倾扛知道了，二话不说就去收。他说，撇开他的罪恶不说，活着的时候他也是一条命；死了，如果不收殓，会给镇子里带来瘟疫……

还有一次，榕里河上游漂来一具无头女尸，且已高度腐败，也是无人敢碰。唯有倾扛下到河里去捞尸，引得许多人掩着鼻子远远地看热闹。

这以后，镇子上举凡有最恐怖、最血腥、最恶心的事，都等着倾扛去干。那时候连个口罩都没有，更别说手套之类的防护措施，但怪就怪在倾扛仿佛有先天性免疫力，一切疫病都近不得他身。

按理说，倾扛一不识字、二无技术、三有手疾，靠众人善心救助得以活下来的人，应该是身无分文的。但有一件事使他赚了不少银两。

那时候实行抽壮丁，二丁抽一，去补充兵员。有些有钱人家不愿将儿子送去当兵，于是就花钱买壮丁"顶替"。倾扛就是一个现成人选。人家给他30个大洋，他就去了。到了征兵处，第一道程序是登记姓名。管登记的军人拿着笔，问："姓名？"他说倾扛。再问，我问你姓什么名叫什么？还是答倾扛。本文上面说了，这是有音无字的"字"，登记员不耐烦了，将笔递给他：你写下来！他不接，说我不识字！登记员火了，说，那你以后就改叫甲乙丙，不要再叫倾扛，懂吗？

登记这一关算是通过了，于是进行"验身"。这时才发现倾扛的右手是"胎生"的，既不能握枪，更不能扣动枪机打枪，因此是不及格，退回。那么30块大洋倾扛就白赚了。

如是的经历还有好几次。

榕里镇的人打心眼里敬服倾扛，但同时又认定他是一个最不祥的人，因此无人敢和他交往，甚至无人敢靠近他。每逢镇上有人家要办喜事，第一着要防的就是莫让倾扛靠近。

有一次，一户人家为儿子讨媳妇，在天然酒家大摆筵席。恰好倾扛路过，他大模大样走了进去，挑了一个边角位就坐下来，吓得原先坐那一席甚至邻席的人像躲瘟疫似的鸟兽散。好在主事的人处事有方，连忙拿只海碗盛了饭，压上许多鸡鸭鱼肉，双手递给倾扛，对他说，座位都有主了，有劳您回家再慢用好吗？

倾扛也善解人意，一一照办了。

自此，每逢有人家操办喜事，必定派出几路人马，每路都事先预备好一份丰厚米饭肴馔守候在几个路口，一见倾扛来，就好言相求，说座位不够，有劳您回"府"慢慢享用。

日子就像榕里河的水，不急不慢地流淌。田连阡陌的富豪会老去，一贫如洗如倾扛者同样会老去。倾扛活到60多岁时，健康情况每况愈下。他从生下来就没有踏足过医院，甚至不晓得人世间有地方叫"医院"，他就像一盏油灯，听任灯油一点一点蚀耗下去。终于，他感到了自己蜡尽油干，他已听到了阎罗亲切的召唤。

有一天，他怀里揣着钱，迈着蹒跚的脚步，走进了一家酒家，要求酒家为他做一桌生日宴，于农历七月十四（他认定那天是他的生日）那晚送到方便所。

酒家掌柜不敢接他的钱，又不敢开罪他，只好柔声对他说，因为人手不够，恕不做外卖生意。

倾扛拿着钱，一家酒家一家酒家挨着去问，结果都是一样，没有一家敢赚这个钱。

在倾扛走进最后一家酒家提要求的时候，刚好一个叫蟛蜞菊的姑娘经过。这姑娘是镇西头养猪场主人从小捡来养大的养女，每天下午都到那间酒家挑潲水回去喂猪的。蟛蜞菊也许是由于身世和倾扛有点相似，因此她很同情倾扛。

她决定在七月十四那天晚上去方便所为倾扛老人做生日，但她没有能力弄一桌酒席。她见过耶稣堂（基督教堂）里的人为教友做生日，是吹蜡烛切生日蛋糕的，她决定照这个办法去做。

七月十四那天黄昏，蟛蜞菊喂完猪，清洗好猪栏，自己也洗过澡，换上一身干净衣裳，拿出事先买好的生日蛋糕，就去方便所。

这时，倾扛正躺在一张水泥床上轻轻地喘息着。借着夏日残阳的一线余光，蟛蜞菊走了进去，来到倾扛的床边，轻声唤道："爷爷，你好点吗？今天是您的生日，我来为您做生日。"

倾扛从来没有被人称做爷爷。此刻他睁开蒙眬的双眼，见到一个十六七岁的姑娘明明是在呼唤自己，于是忙坐起来，但已力不从心。姑娘忙扶他一把，并帮他用破棉絮垫好靠坐在墙边。姑娘说："爷爷，我看见耶稣堂里的人做生日都是吹蜡烛、切蛋糕的。"说着，她端出了一个大蛋糕，放好，插上蜡烛，一共6支，并一一点上。蜡烛淌着烛泪，就好像倾扛爷爷浑浊的老泪。

姑娘说："爷爷，我们一起来吹蜡烛好吗？"

但倾扛爷爷连吹蜡烛的力气都已经没有了，倒是姑娘帮了他。

姑娘又点着另一支用来照明的蜡烛，在摇曳的烛光下，姑娘说："爷爷，我为您唱一支歌。"于是在这已久违人间温暖、缺少生气充斥戾气的黑屋子里，响起了一曲充满乡情的乡音："月光光，照地堂，年卅晚，摘槟榔……"

　　倾扛爷爷像突然想起什么，艰难地、颤巍巍地在他的破铺盖卷里摸索着，终于摸出了一个脏兮兮的蓝布包。他抖抖索索地打开，只见是100多个闪着毫光的光洋。倾扛爷爷将布包重又包上，艰难地双手捧起，递到姑娘面前，用几乎只有自己才听得见的声音说："闺女，这是……我一生的财产，我已没有其他亲人。送给你，送……"说着，倾扛爷爷含笑闭上了双眼，脸上还挂着泪痕。

　　姑娘含泪帮倾扛爷爷安睡好，一个人站在床边鞠了三个躬，然后一步三回头退出了方便所。

　　第二天，蟛蜞菊姑娘将没有打开过的那包光洋，原封不动送去了镇上的婴堂（注：即收养弃婴的地方）。

教子街旧事

媒体在提到古城时往往这样说："一座既年轻又古老的城市。"是的，没有比这更恰切的形容了。说它年轻是因为它新鲜得像刚建成似的；说它古老，是因为它有两千多年历史了。

在旧城区有一条"教子街"，古老得像一个垂暮的老人，依然是老瓦屋、麻石街，稍有几文钱的原住户都迁走了，一些底层的打工者却住进了廉价房。像古城这样寸土尺金的"年轻"城市，怎么还会有"利用率"如此之低的老街？原因很简单，街上保留了几处历史悠久的古迹，其中有庙宇、旧书塾、旧教馆，是保护"非遗"志愿者据理力争的结果。

教子街上新冒出了一间二手书店，店名就叫故旧书店。店门口张贴着一张打印得很工整的启事，上写：大量收购旧书，每斤2元；价值较高的价格另议，高价收购与古城历史文化有关的旧书。

店主是个50多岁的男人，他让大家叫他文哥。

教子街上年近90高龄的老人布爷爷依稀认得，这文哥是教子街上消失了几十年的老住户，他爸是以前教子街上无人不识的以卖文为生的文化人轩叔，死了几十年了。

说起来，文哥是个有故事的人。

他的幼年，是宣扬"读书无用论"的年代，他最头疼的事是读书，而他爸就天天为他不肯读书的事操碎了心，街坊经常看见轩叔手拿藤条满街搜寻逃学的儿子。

那时的文哥逃学是有他的理由的：他认为即使学得像老爸一样有文化，又有什么用？

（一）

他爸轩叔是个"无单位"的社会人，早年立志成为"专业作家"，可是他其实写不出好文章，于是他就天天到处搜罗古城旧事、历史典故，写好了没钱出书，就自己刻蜡版油印，一次印几十本，到处派送：报社、电台、文化馆、图书馆、博物馆……书上刻印着"欢迎发表、转载。样刊和稿费请寄古城教子街××号×××收"。

可是得到发表或转载的机会实在太少了，多数时候像泥牛入海，因此他每星期都得花时间逐个单位去打听是否得到采用，但往往空手而回。

好在那时候读书是不用交学费的，只要家里供得起两餐饭的人都有书读，可是轩叔连这样的条件都满足不了儿子。越是这样，他越是逼迫儿子苦读。

文哥对父亲失望了，认为"百无一用是书生"这句话对极了，因此他留下了歪歪斜斜的一张字条："爸爸，我出去闯一闯，您不用牵挂我，更不用找我。不闯出个人样，我不会回来见您。"

他兜里揣着几十块钱离开了古城。他有时长途跋涉，有时爬货车火车，有时睡车站，有时睡桥底，一个城市一个城市地流浪。后来，他到达华东一座文化古城。在那里，他端过盘子，做过力夫，后来做了挖地基的地盘工。有一天，来了一位古陶研究专家，他根据地层的深度能准确判定朝代和历史，他到工地来是寻找古陶碎片的。文哥见这位老先生面目和善，一见如故，对老先生说，以后我帮你收集古陶片。

老先生姓郑，他让文哥称他郑老师。每天收工后，文哥就将当天收集到的古陶片交给郑老师。文哥人缘好，别的地盘工知道那些碎陶片有用，捡到也都给了文哥。

不久以后，这个地盘完工了，又转去新的地盘，但文哥与郑老师的合作依旧。郑老师是个诚恳正直的人，按照文哥收集到陶片的价值，给回相应的报酬，但文哥坚决不收受。他说，这仅仅是举手之劳，无功不受禄。

（二）

有一次，郑老师说，我年纪大了，又无儿无女，我的一套文物鉴定技术，很想后继有人，不如你就跟我学吧？

文哥自是磕头碰着天，当下就含泪答应了。郑老师邀集了三五知己做见证人，在楼外楼包了一个雅间，举行了简单而又隆重的拜师仪式。从此，文哥算是入行了。

所谓三百六十行行行出状元。这鉴古技术是一种高难度的技术活，如果没有高人点化，靠书本是很难学到真功夫的。因为现代人造假仿古技术实在是太高超了，没有金睛火眼，根本无法判别真伪。

话又说回来，郑老师这套绝活是不轻易教人的。他心里有盏灯，他想如果这套绝活传给了一个好人，他会造福社会；如果传给了不走正道的人，会贻害众生。他略施小计，几次请外人为文哥造就发财的机会，但文哥都不为所动，秉持公道，赢得了郑老师的信任。

郑老师一点一点教给文哥，文哥一点一点牢牢记在心里，并反复反刍，在实践中炼就了火眼金睛。

7 年之后，郑老师原先动过手术的癌症复发、康复无望。郑老师写下遗书，名下房产、古董及其他家产，通通归文哥所有。郑老师去世后，文哥以义子的身份主持了丧事。等悲伤心情平复以后，他开了间古董商店，经营古董买卖，并义务替人鉴宝，成为远近有名的古董商。

这样经营了 20 年，其间娶妻生子，成就了一户殷实人家。

有道是树高千丈，落叶归根。到了知天命之年，文哥感到倦鸟知归了，于是变卖了家产，挈妇将雏，重返这座一别 30 多年的岭南古城，重修了父亲遗下的教子街上的那间祖屋，成了本文开头所说的故旧书店的店主。

（三）

文哥是这样打算的：让余生过上平静的与世无争的日子。开旧书店，一方面是为收集父亲过去散佚在民间的著作，为父亲正式出版一套文丛，作为过去对父亲失敬的赎罪；二方面为街坊邻里义务鉴宝，算是对这块生养自己的土地的回报；三是店堂从早上开门到傍晚打烊都备足茶水，让新邻旧里有事没事进来聊天叙旧，这也不失为人生一乐。

惬意的日子过了两年，在一个秋风萧瑟的早上，文哥意外地收到古城人民法院的一纸传票，案由是有人起诉文哥，要求他悉数退回被侵吞的生父的财产。起诉人自称是文哥当年在华东古城时的义父郑老师的亲生儿子。

这事来得蹊跷，因为文哥从来就没听说郑老师有一个亲生儿子。不过他还是坦然地应诉了。

民事法庭经审理查明，此人的确是当年郑老师的亲生儿子，名叫郑裕杭。郑老师妻子早亡，是郑老师一手将裕杭拉扯大的。裕杭长到十五六岁时，不爱学习，不但老是逃学，而且常常偷家里的古董出去贱卖，卖得钱后就和一些不良少年吃喝玩乐、挥霍无度。郑老师白天忙工作，晚上还得往酒楼、游戏机室或夜总会到处寻找儿子。后来裕杭干脆不回家了。无奈之下，郑老师在报上登了一条寻儿启事，声言若在规定时间内不回家不复学，则断绝父子关系。

郑老师这一招本是为吓唬儿子，让他悬崖勒马回归正途，没想到裕杭从此真的杳无音讯。郑老师慌了，意识到自己做得过火了，于是一边登报道歉一边四出寻儿，但终无所获。此后，郑老师得癌症、住院治疗以及以后的日子，裕杭都没有出现，也就是说没有尽到儿子的责任。

因此法院认为，裕杭的诉求于法于理均无据，判其败诉。

尽管是这样，文哥依然像对待亲兄弟般对待裕杭。文哥私下里对裕杭说，愿意尽自己所能，筹一笔钱给裕杭，让他自谋出路；也欢迎裕杭留下来，跟自己一边经营小生意，一边教他鉴宝的技艺。

裕杭选择了后者，从此两人之间像亲兄弟般相处。

对外，文哥说，裕杭是自己在华东古城结识的义弟。

老钉公身世之谜

　　这是珠江三角洲腹地一个不起眼的小镇，小镇旁一处荒僻的野地里，有一间板皮搭成的四面透风的小屋，住着一位老铁匠。

　　老铁匠的话很难懂，显然他不是土生土长的本地人。但他从何处来，什么时候开始在这里立足？大家不知道，连上了年纪的人也说不清楚。

　　从来没有人能搞清楚他姓甚名谁，于是当需要提及他时，就称他"钉公"。因为他每天的营生，就是用风箱拉旺焦炭炉，打铁钉。

　　他只打一种铁钉，方条形的，带一个钩状的钉帽，水乡的人一看都知道，这是用来修造木船用的。除此之外，钉公不会打造其他铁器。

　　在他的木棚里，到处堆放着铁钉。有的堆放时间长了，沾了水汽，就锈迹斑斑。钉公说，那不影响质量。

　　钉公的生活很简单。每天，他用那只旧得发黑的瓦锅，在铁匠炉边煮饭，饭水快干时，再放进几条青菜，连饭带菜一起焖熟。到开饭时，撒进一点儿老酱油，一股浓烈的饭焦香，便弥漫在荒地的周围。

　　南方的冬天不太冷。虽然钉公的木棚是四面透风的，可由于火炉全天 24 小时总是不熄的，因此木棚里总是暖融融的。钉公的床，严格来说不是床，只是用板皮钉起来的一张尺把宽的长凳子。夜间，钉公就在这"床"上歇息，白天累了时，就半蹲半坐在这长条凳上吸一袋旱烟。吸旱烟，这已是钉公最大的生活享受。每当这时，他眯缝着双眼，让悠悠心事，掺和着淡紫的烟气徐徐飘散。

20 世纪五六十年代，钉公的生意是不错的。那时水上人家多，每年入冬之后，都要将船拖上岸来，翻个底朝天，晒干、修补、上油……

改革开放以后，水上居民逐渐上岸生活，木船越来越少，有时十天半月都没一个人来买钉。

已经上了一把年纪的老钉公，依然每天都打钉不止。他总是早早就起床，拉响那老风箱。座在火炉边上的那把老式水壶，很快就冒出了白色的水蒸气。

不过老钉公的力气差了，手脚也慢了。但不管怎么说，他依然每天都打铁。很难想象假如有一天不打铁了，他的命运将会怎样。

钉公的木棚里，到处都堆积着铁钉。显然，他每天打钉不止，不是为了换取金钱然后买米维生，而是一种更深层次的需要，套用一句用得很滥的时髦话说，他是生命不息，打钉不止了。

钉公经历过好几次人口普查。那些人口普查员真被钉公难住了，问来问去问不出个所以然，大部分调查项目是空着的，最后只好将他归到"其他"那类人中去。

只要有人上门买钉，那天便是老钉公的节日。他已不计较价钱、斤两，他总是笑逐颜开，示意你拿吧，拿吧，管个够。倘若你说带不够钱，甚至没带钱，他也无所谓，笑容一点不减。

直到最近，钉公一位 50 多岁的堂侄子，历经万苦千辛，从老家广西西部驮娘江畔出发，逐镇逐村寻遍了整个西江流域，终于寻到了这位堂伯父。堂侄子根据上一辈老人留下来的话说，老钉公原先姓刘名水养，原是生活在驮娘江一带的水上居民。临近解放那年夏天，水养 17 岁，与另一位 16 岁的水上姑娘喜结连理。按理说，他们应该将木船翻修一新再办喜事的。可就是没钱置办船钉、桐油灰和桐油，只买了一张红纸、一挂鞭炮，因陋就简将喜事办了。没想到，半夜里山洪暴发，猛烈的洪水将破旧的木船掀翻了，整只船散了架。水养从梦中醒来，一种原始的求生本能促使他在水中挣扎，抱住一件破船板随波逐流……

几天之后，已经昏死过去的水养被水流推到一处岸边，被这个小镇纯朴的居民救起，并为他搭了一间栖身的木棚。

因为买不起船钉，一个家就这样没了。

孑然一身的水养，从此以打制船钉为生。他将毕生的爱，都一锤一锤煅进了能铆起一个个家园的铁钉里。

匠心

我常常利用午休时间去邮局，比如寄个邮件领个包裹什么的。

从我单位去邮局不远，大概7分钟的路程，路上必定经过一个小摊子。

我怎么定性这个小摊子好呢？第一，它没有招牌。第二，它不出售什么商品。但也许就是这个缘故，从来没人干涉摊主人占道经营。

摊主人是个70多岁的老头儿，瘦削的脸上戴一副老花镜，下巴颏留一小撮山羊胡。他呆坐在摊子后那张老靠椅上，常常闭目养神。每时每刻，川流不息的人从摊前走过，老人从不把眼看人。仿佛他眼前的世界只是一个电子屏幕，虽很近，实质离他无限远。

他仿佛在等一个什么人，又仿佛在等待一个什么时刻。

听老一辈的人说，老城区这一带，几十年前有许多代写书信的摊子。我寻思，老人可能是以前众多这类摊子中的硕果仅存者。

有一天，我在经过老人的摊子时，有了一个新发现。摊子旁，用麻线吊着一块硬纸板，上面是很有风骨的手迹：书法班招生。小风将硬纸板吹得一会翻过来一会翻过去的。以往我从没留意到这个小"广告"。

我感到有点滑稽。当今的人，都变得现实，变得势利眼。即使学有所成，字写得像老人一样好，也只不过守着一份清贫。谁会送孩子来学呢？

以往我寻思，老人沧桑的脸上深深浅浅的皱纹里，一定隐藏着许多故事。只不过，我找不到任何理由去打开老人的话匣子。

现在好了，有了"书法班招生"这块小广告，我可以名正言顺与老人交谈了。

阿伯，书法班招生吗？我站着，他坐着。

他指了指旁边那张不大结实的方凳，示意我坐，问我，是你家孩子要学，还是你本人学？

我没正面回答，说：现在书法班里有多少学员？

他竖起三根粗硬的手指，说：3 个。是双休日才开班，在家教。

怎么个收费？

半天为一节，一节 50 元。

您在这里摆摊好多年了吧？

说长也不长。他说。我原先是工艺社里专写书法的，退休后待在家里觉得无聊，才在这里摆摊，算起来也有十来年了。当初，每天都有人来求我写字，比如写个海报、招工信息、启事或红白喜事对联什么的。现在时兴电脑植字，找我写字的人少了。

老人大概认定我是知音，拿出一个大本子，翻开，说，这是我的功课。

我一页一页翻看，感到功力很不凡，很有艺术个性，甚至比我通常在书法展览上见到的还耐看。

您有参加书法家协会吗？我问。

老人摇摇头，似乎有些不屑。

您有参加过书法展，获得过奖项吗？

老人仍然摇头，说，你听说过王羲之、柳公权、颜真卿获过什么奖、参加过什么协会吗？

您当初有临过名家的帖吗？

老人像有点被激怒。我看见他眼镜片后的目光有点凶。他说，何止是临过！我家屋后是个池塘，被我拿来作洗墨池，红阶砖当纸，天天临，毛笔写秃无数，阶砖也被磨成凹状。老人因为激动，必须缓过一口气才能继续说，没临过帖，能有今天的"我书我体"吗？

我一时半会搞不清楚，随便一句问话，会让老人激动成这样。

原来，早几年，有一个专门炒卖字画的商人，看中了老人这一手字，和老人商量，要拿出一笔钱"包装"老人，比如让老人的书法进入全国书展，开个展，让世纪大会堂收藏等，然后请媒体炒作。条件是，"炒热"以后，老人的书法全部由他包起。这样，老人年收入保证在20万以上。

老人也有点心动了。

不料最后，商人一边拿出合同书，一边不经意地问：这么些年来，你都获过些什么书法大奖？

老人说，我从来不参赛，又何来大奖？

商人掏合同的手僵住了，说，这不行。你必须想办法弄几个书法大奖的奖状回来，哪怕是花点代价……

老人倔得很，说，我活了几十年，还没学会弄虚作假。

事情就这样谈崩了。

老人终于没能成为书法家。他只是一个写字匠。

转世

徐承运今年 26 岁了。村里和他同龄的年轻人，几乎都早已结婚，并且孩子都几岁大了。

可是从来不曾有姑娘对承运有过好感，即使有远亲近邻提出要为他介绍对象，话才出口，就会被女方家长拒绝。原因并非承运有什么品德问题或生理缺憾，而是他的家境太差了。

承运父亲在不到 50 岁时就暴亡了，留下承运兄弟和一个智障的妈。这些本来都还算不上什么，要命的是承运那个傻弟弟。

傻弟弟叫承贵，村里人都叫他傻贵。傻贵都二十出头了，什么事都不懂，什么事都不做，整天游手好闲，见到年轻点的女人就朝人傻笑，嘴角流着涎水，有时甚至还做些下流动作。他还染上了烟瘾。开始时满街检烟头，后来发展到逢人就向人讨烟抽，人家恶心他，他就将人家正在抽的烟夺过来，甚至直接从人家衣袋里将整包烟掏走。因此，人们躲他躲得远远的。

乡村人家，通常都是门虽设而常开。从前几个月开始，傻贵常常乘人家不备，闪进别人家里"找"烟，或翻到钱就一手抓起，然后闪离，真是神不知鬼不觉，害得人家不见了东西苦苦寻找，或者家庭成员之间互相埋怨。最惨是有些大闺女小媳妇本来胆子就小，偶尔撞见一只"鬼影"闪进闪出，吓得三魂丢了七魄。为这些事，几乎天天有人找到承运家来告状。

承运本是承包了村里的 10 多亩果园，如果专心侍弄，图个小康日子是不成问题的。可就是这个弟弟，连累得他家无宁日，连媳妇都娶不到。

承运一个密友教给承运一个"解决问题"的办法。

冬日的某天深夜，承运带着傻弟弟去了县城，他告诉弟弟，要带他搭搭火车，让他见见世面。

火车轰隆隆轰隆隆不分日夜地运行，半夜时分到了北方一个山区小站。承运牵着傻弟弟，冒着凛冽寒风下了车，出了站台，找了个僻静处。他对弟弟说，你在这里坐着，不要乱跑，待我去弄点吃的来。

离开弟弟，承运很快回到车站，买了返程票，天亮前搭上南下列车，回家了。

承运密友这个"计谋"，是让承运将傻弟弟带到远在天边之地抛弃，让当地民政部门收容也好，饿死冻死也罢，目的只是免除了他对村民的为害。

但承运回到村里后，终日心神不宁。他良心遭到责备，感到上对不起死去的爹和智障的娘，下对不起没有人性的弟弟。第三天，承运又买了一张火车票，凭着记忆，到了抛弃弟弟的那个小站。

但是他找遍了小站所在地一带的街巷，再也找不到傻弟弟的身影。他不敢报警，他知道一旦让警察知道，他就犯了遗弃罪。直到第二天晚上，承运才怅然若失地离开了小镇。

1 年后，公安派出所将承贵作为失踪人口处理，从此傻贵在人们的记忆中消失了。

在傻贵"失踪"后的第二年，承运娶上了邻村的一位姑娘。

4年后的一天下午，有一个二十五六岁的年轻人，由两位民警带着，回到家乡的村委会。人们认出，他就是当年"失踪"的傻贵。村委会立即通知承运夫妇来到村委。傻贵一见到承运，很清楚地叫了一声"哥"！这是他有生以来第一次叫哥。他"失踪"前不但智障，而且自闭。

带承贵回来的民警讲述了承贵这几年的遭遇：4年前一天中午，承贵被一个来镇上赶集的孤老头发现。老人是专门以捉蛇、捉蜥蜴、捉山鼠并帮人治疗蛇咬伤为生的，住在深山里，逢集就到镇上来卖蛇，卖蛇药酒并捎回粮食副食。他那天见到傻贵，反复问他从哪里来，到哪里去，家在哪里？得到的都只是摇头。老人明白这是流落异乡的流浪儿，于是便将他带回去，像爱护孙子一样教他干活，教他叫自己做"阿公"，教他做人的道理……

4年以后，老人自感寿数已尽，时日无多。他再次反复询问承贵，你的家乡在哪里？

承贵抱着脑袋想了半天，说出了"磨刀坑"三个字。

老人颤巍巍写了一张条子，千叮咛万嘱咐让承贵送去火车站交给工作人员。

车站工作人员接过字条，只见上面写着："请公安民警送我回磨刀坑村。"

公安民警查到，全国有17个叫磨刀坑村的地方。他们根据承贵的情况逐一排查，终于找到了他的家乡。

这时的承贵，已不再傻，尽管智商较低，但说话、行为举止都很正常。

从此，他成为哥哥果园的得力助手，和哥嫂一起，过上了正常人家的日子。

小镇神秘的影子

新中国成立初期，榕里镇依然保留着夜间打更的更夫。

为什么要更夫呢？因为那时人们普遍都还很穷，买不起时钟这种计时工具。日间可以通过观日掌握时间，夜间可就不知时辰了。有了更夫，人们就更能把握好作息时间。

夜间 9 时为 1 更天，更夫开始打更。他走一段就敲一下竹梆。以后每隔 2 个小时增加一个更次。到了四更天，则是敲两下竹梆又敲两下鼓，因此民间有所谓"忙到几更几鼓"之说。到了五更天，则是敲三下竹梆，再敲两下锣，带有唤醒之意。那时候，人们生存多不易，要出门赶路的固然要早起，一般的市民阶层这时也得起床洗漱，早早投入一天的劳作了。

整个榕里只有一名更夫。没有人知道他姓甚名谁，我在这里只能称他为"更伯"。

对于幼小的我来说，更夫是神秘的。往往半夜醒来，听见由远而近又由近而远的更声，我非常害怕。后来大人告诉我，不用怕，更声是由一位更夫伯伯敲击出来的。于是我很渴望见一见这位神秘人。

一天半夜，远远传来打更声，我悄悄爬起来，躲到门后边透过门缝窥看。我见到的更伯是这样的：头戴竹帽，身披蓑衣，黑衣黑袄，像一个黑影从街上飘过。从他脚板与光滑的麻石街面摩擦发出的沙沙声，我断定他是赤脚的。他左手抱定竹梆兼又提着一盏小小的风雨灯，右手打更，风雨无阻。

据大人们说，更夫的作用远远不只报时，他同时兼顾防火、防盗和报告灾情之职责。那时镇里没有治安队，也没有专职的巡防员，如果整个镇子的人都沉沉大睡，一旦出起事来，后果不堪设想；但有一个人始终醒着，却能换来所有人安心入睡。

孩提时代的我，从大人口中听到过许多关于更伯的传说。

有天夜里，更伯见到一个人迎面而来。那时的榕里非常闭塞，日间虽有四乡的人到镇上来购物办事，但夜间是绝无镇外人走动的。更伯与路人错身的一瞬间，借着微弱的光线，认定这个人不是本镇人，因此加倍警惕。

他悄悄躲进街边屋檐下的暗影里，通过敲击力度的递减，给人逐渐走远的错觉，然后一个180度回头，悄悄尾随上去。他看见那个陌生人停在了一家绸缎庄门前，静静窥伺了一会见无异样，便轻轻在门板上敲了三下，随之板门打开，有人迅速地递了几匹绸缎出来，陌生人熟练地扛起就走。更伯以迅雷不及掩耳之势一个饿虎擒羊，逮住了盗贼，随即大叫"有贼呀"！被惊醒的街坊纷纷出门，将作案者逮住送去办事处处置。

另一次也是在半夜里，更伯在打更途中突然被一只软乎乎的手拉住。一看，那是个女人，女人冷不防扑通一声跪倒在地，哀求道："师傅救我！"

更伯不知道这人底细，但看她这举动，很可能是蒙难中人。为不影响打更，更考虑到夜深人寂在街上说话会惊扰街坊，于是将这人带回自己栖身的位于郊边的泥屋，安顿她歇脚，待天亮又再说。

天亮后，更伯回到泥屋，看清昨晚的女人是个 20 来岁的女子。回泥屋路上，更伯已顺路给她买了松糕、咸煎饼，待她吃完后再询问她因何半夜出外闯荡。

女子未语先哽咽，诉说她是邻县农村人，因为家贫，父亲将她高价卖给一个专门帮人收"贵利"（高利贷）的打手。这人每当在江湖混得不顺，回家来便酗酒，喝醉了便对她拳打脚踢，骂她是丧门星。她几次被打得遍体鳞伤逃回了娘家，可她父亲不由分说，说收了人家钱不能违约反悔，并指责女儿肯定也有不是之处，才惹得夫君动怒，于是又将她送回去，如是那酒鬼又打得更凶，她为此才出逃。为恐被抓回，于是她日间躲藏，夜间才趁夜色赶路。那女子声泪俱下哭诉到这里，突然又跪在更伯跟前，说感谢他半路搭救之恩，并希望更伯收留她，她愿意委身于他！为了证实自己的苦况，女子捋起衣服让更伯看伤情，惊得更伯忙将脸扭向一边。

更伯毕竟是经历了几十载凄风苦雨的人，他通过察言观色，断定这女子讲的都是实情。他对女子说："我从小是个孤儿，流落到榕里，吃百家饭长大。后来榕里人又安排我干此营生，赖以活命。现今我都 50 多岁了，黄土都埋了半截子了，怎可以做这种有违伦常的事呢？况且你还年轻，只要逃出生天，还可以追求属于自己的幸福！"

说着，更伯从系在袄腰带上的一个小布袋里掏出他仅有的一点钱，交给女子，说："今晚二更天后，我带你离开榕里，朝你老家相反方向，远走高飞吧！"

很多年过去了，后来，我向大人们打听，更伯叫什么名字？

得到的回答，几乎都是：也许他无名无姓。从来需要提及他时都只是说打更佬。

我又向大人们打听，更伯到底长什么模样？大人们总是这样说：他是个夜行者，仿佛只是一个影子，没有人见过他的真面目。

几十年过去了，故乡特有的更鼓声始终回响在我心间；更伯的影子始终在我脑海里晃来晃去。他是夜的精灵，几十年来每晚用永不停顿的步子丈量漫漫长夜。

他留存于世上的，只是一个影子。

而在我心里，他却是一个大写的人！

驳骨神医的神话

昨晚，市作协主席打电话给我，再次敦促我抓紧时间去采访 89 岁高龄的费老，他说："据可靠消息称，费老最近健康状况再度恶化。如果不抓紧时机，恐怕……"他省略掉的话，是不言自明的了。

这费老是一位驳骨神医，一位充满传奇色彩的人物，而居于我们家乡一个交通十分不便且僻远的小村——他的故里。据说很多年以前，当局为了请他"出山"，曾委以一家大医院院长的重任，但到头来没能请得动他。

过去虽然本地数度将费老列为报告文学的采写对象，然而一来他居处僻远且不通公路，再者据说他每天都极忙，不易抽时间接受采访，因此一直未能如愿。说句犯忌的话，由于我一直以来没有发生过大的非要找费老不可的伤筋动骨的事，因此我从来未见过费老。

路途上费了很大周折，我终于赶到费老兼做医馆和寓所的居室。可惜已经迟了，费老躺在病榻上，气若游丝。据他家人说，他虽然意识还相当清醒，但已经几天没开口说过话了。

唉，看来一个千载难逢的"文学宝藏"，就这样眼睁睁行将湮没。

我在那不算宽敞明亮的居室里踱了几圈步子，突然生出一个好主意："由我将以往听到的关于费老的神话和传说口述出来，请费老加以证实。看来这是没有办法中的唯一办法了。

于是我坐在离费老很近的地方，轻轻地、尽量有条理地讲起来：

据说新中国成立前，有一次几个副官和随从抬着一位旧军队的大官来到求治。经诊断是脊椎严重扭伤，多方求治无效。费老（那时他肯定还不老）命大官到院里的水井打一桶水。副官和随从忙不迭说："我们来，我们来。"但费老用不容磋商的口吻喝道："我就要他去打！"于是大官只好忍着剧痛，咧着嘴一瘸一拐走向井台，弯腰将桶吊下……正当这时，费老在背后看准部位，冷不防冲上去一脚踢在大官的腰背上，在场的所有人都被他这一举动几乎吓昏了。而随着"哎唷"一声惨叫，大官原先病歪歪直不起来的腰，一下子直起来了。接着上药，欢天喜地地走了。

又据说，每到附近山区墟场赶街天，费老必趁墟（赶集）。别的不买，专买柴火。他一挑一挑柴火慢慢看，当看准了某挑柴火里混有被他称之为"驳骨丹"的灌木，他就买下并命樵夫将整挑柴火挑去他家……不但外界人士无法"破译"这驳骨丹究为何物，就是连他的家人也无法窥破。他开的药方，没有药名，只写"红""黄""黑"等字样，而药物已全部碎成粉末。

又据说，某县长一次跌打骨伤，抬着运到费老处求医。他诊断过后，命人将县长吊起来，然后拿烧着的艾条去烫县长的腰。县长为躲火烫，本能地一闪避，结果骨伤不治而愈……

我一件一件地讲，费老十分用神地听。从他转动灵活的眼神看，他不但清醒，而且听得很有兴味。

这时，一位中年男子靠近我，轻声地说："怕我爸太疲倦了，该歇歇了。"

于是我问费老："我说的这些都有事实根据吗？"

费老抖索着，伸出一只枯柴般的手，示意拿给他纸和笔，然后十分吃力而又缓慢地在纸上写下了歪歪扭扭的一行铅笔字：

"当一个人走红的时候，就会伴生出一批神话和传奇文学作者。"

傻子柴莺

榕里镇总出人物，傻子柴莺（方言，读 ēng）就是其中一个。

其实柴莺并不傻，不仅不傻，在某些方面还有过人之处。

说起柴莺的身世，就很有故事。他母亲是在丈夫死去 3 年后才有的他，言之凿凿说是在梦中"有"上他的。榕里人是极宽容善良的人。尽管她说的缺乏可信性，但也都将这当作真有其事。

没有人知道他的大名，因为他母亲从一开始就叫他莺仔。莺在榕里是个方言，意指用利斧都劈不开的那种老树疙瘩，这大概与北方人给孩子起名牛筋或石锁之类异曲同工，希望孩子的命像老树疙瘩一样硬且韧。

柴莺有没有进过学堂？这点大伙都不大在意，不过他是识字的。成年以后，他没有像别的孩子那样进作坊学手艺，而是操起了"巡城马"的营生。

榕里镇地处偏僻，交通极为不便，只有一条水路与省城相通，而上县城比上省城还费周折，因此人们习惯了往省城消费。但人们都明白，上一趟省城，耗上一笔不菲的船钱不说，还得搭上一天的工夫。因此除非必要，否则人们轻易不上省城。

"巡城马"就是专门帮人跑省城购物的。有的商品榕里镇没得卖，或款式不及省城的时尚，人们就托阿莺去买。阿莺是绝不搭船的，靠两条腿走路，否则一天下来所得，几乎都交了船费，用他的话来说，赚的是"脚力钱"。

每天天不亮，他就出门了，走四个钟头左右的羊肠小路去到省城，然后穿街过巷，为客人寻找合适的货物，直到下午 4 时左右才又踏上归程。回到榕里，已是掌灯时分，他还得挨家挨户送上购到的货，并收取翌日进城购货的货款。奇就奇在他不用"记数"，某家需买什么东西，预收了多少货款，时常多达数十宗，他纹丝不乱，用脑记得一清二楚。

他在交货时往往唠叨上半天，比如解释某件商品，在某某大厦买是多少钱，他多走许多路到另一间大厦买，省了多少钱之类，往往烦得别人几乎要求饶。

他收取的"手续费"（他说的是脚力钱）是百分之一，即 1 元钱的货收取 1 分钱。有些针头线脑的，几角钱交易，他就"免收"脚力钱，在交货时就说上半天，解释为什么不收。等将来这户人买货的货款出现零头，他就多收 1 分，并且解释老半天。

最要命的是货物重而不值钱，比如酱油。人们说省城的酱油比榕里产的味道好，就让他买。而那时一支酱油还不值 1 元钱，这就白贴劳动力。

一年中会有几宗"大买卖"：买缝纫机。那时的缝纫机，每台大约 120 元，那么脚力钱就是 1 元 2 角。不过挑着缝纫机和其他货物走几十里路，确也够苦的。不过，他无怨言，每逢有大买卖，他就喜笑颜开的。

这样一个好后生，本来没理由给他安上"傻"字的，那是在经历了几件事之后。

那是在大饥荒岁月，1 斤米的定量可以改买 5 斤红薯。阿莺也买了 5

斤红薯。**但他总不放心放在家里的红薯**，是怕他娘偷来吃，于是每天出门前都要**称一次**。这也罢了，他是分别每只红薯过秤的，用毛笔将每只红薯的重量**写在**上面。别人问他为什么要这样做？他说即使是同等重量，个大的与个小**的价值**是不同的，个大的去皮少，个小的去皮多。每晚回到家，还要复称一次，看有没有"亏损"。

儿再孬，也是娘的心头肉。对于他的行为，娘不恼。相反娘还挺为他的婚事着急。但是在榕里，只要有两餐粥喝，都不会有姑娘愿意嫁他。

俗话说，姻缘天注定。有一天榜黑时分，家住火船码头那边的四娘找到阿莺娘，说有一个黄花闺女，因北方发大水闹饥荒，流落榕里镇，说要是有个男人，只要不缺胳膊不缺腿，管得起两顿稀粥，即使年龄大点，她也愿意嫁。四娘一揣度，便急匆匆来找阿莺娘。

阿莺娘见过姑娘，虽是脸黄肌瘦，衣衫褴褛，但人还端正，即表示很喜欢。由是对外人说是四娘当的媒人，算是明媒正娶，将姑娘接了进门。

阿莺倒是不置可否，便依了娘的主意，和姑娘住到了一个房间里。这事一时成为小镇人的话题。

这姑娘不但勤快，还挺会体贴人。由于得了温饱，不出三个月，便显示出了北方姑娘的妩媚本色。走在路上，很招男人的目光。

有天因为打台风，阿莺出不了门，便到邻里剃头铺去闲嗑。这时还有几个闲人聚到剃头铺消磨时光。见到阿莺，大家不约而同想到了他的新婚妻子，于是都垂着涎水向他打听闺房秘事。开初，阿莺义正词严，指斥这些人下流无聊。但经不起大伙软磨硬泡，阿莺有了松动。尤其是有一个据说是喝过"咸水"（留过洋）的二鬼子说了一番话，说外国现代人如何如何开放，并杜撰了自己的"风流史"，又大大夸奖了阿莺一番，于是阿莺就把不该说的闺房秘事都说了。大伙得到满足，个个一脸的坏笑。

不久，这事传到了阿莺妻子的耳朵里，把她羞得无地自容，连夜不辞而别，消失得无影无踪。

　　直到这时，也还没有人说他傻。"傻莺"这名字是他自封的。

　　那时，常有"治安队"的人对走夜路的人进行盘查，说是防止"阶级敌人"破坏。有一次，阿莺因找货耽误了时间，挑着货物摸黑走路回榕里。走到半路，治安队的人见有人挑着东西急匆匆赶夜路，以为是"阶级敌人"转移物资，严加盘查。阿莺不知出于何种考虑，说自己是榕里的傻莺，进城帮人办货。

　　听说是个傻子，治安队便立即放行了。

　　阿莺感到很意外，"傻莺"这名字竟然有护身符的作用。毕竟，那时他属于搞单干"走货"，有"走资本主义"之嫌，不时会遇到麻烦。于是他干脆逢人便说自己是傻莺，确实得到许多豁免。

　　从此，人们忘记了他原来的名字，都叫他傻莺。

5个通信地址的人

在榕里镇，如果你要找易老师，不论80高龄的老人，或是七八岁的毛孩子，都会热情地指点，甚至将你带到家门口。

易老师是个80多岁的老人，他在镇上教了40多年书。直到60岁，该退休了，由于百姓强烈要求，教育局特批准他多教5年，因此他是65岁才退休的。

易老师一直都担任高三年级班主任。街坊都说，孩子进了易老师的班，就等于一只脚踏进大学的门。

易老师经手教的学生，有的当上集团总公司董事长，有的成了博士、硕士，执教或搞科研，也有许多是为官的，据说其中有官至副厅的呢！

由于教学成绩突出，55岁那年，易老师评为市一级劳动模范，而其他诸如模范班主任，名师工作室之类的头衔，更是扳着指头数不过来。每年五一劳动节，电视上总有易老师的身影，要不就是专题访问，要不就是领导登门慰问。

现在，易老师老了，原先略显高大的身架，现在缩成了一个小老头，背也开始有点驼了。他每天必须完成的一项"功课"，就是到 5 个地点巡视一圈，那是他留给学生的 5 个通信地址。

从退休时起，他生活中最大的乐趣，就是收到学生的来信。每收到一封来信，他就在信封上盖一个红色条形章，分别填写上学生届次、收信时间、复信时间。

开初，写信给他的学生很多，据他说，最多的一天有十几封之多。收信后，回到家，他就像一个大领导一样，端坐在书房的那张藤质老靠椅上，戴上老花镜，一封封登记、拆阅，然后是写回信。有时到了吃饭时间，老伴轻轻推开书房门，轻言慢语提醒他，该吃饭了。他要么不应答，要么头也不回地说："你没见我在办正事吗？"累得老伴又将饭菜端回厨房热上。

近几年，由于网络的广泛应用，写信的学生是越来越少了。而易老师一不懂电脑，二不开通微信，甚至连手机也不用，只是家里设一台坐机。多数时候，每逢年节，家里的座机就不停地响，就像开了个 110 报警台。易老师端坐在电话机旁，满脸笑容，在接听拜年电话。他个头小，中气却特足。他老伴时时提醒他，打电话不必高声叫喊，以免吵了四邻。他感到老伴扫了自己的兴，一边大声武气同学生说话，一边挥挥手，示意老伴"走开"！

尽管信件越来越少，有时十天半月不见一封，但"出巡"依然是他每天必不可少的例行公事。

关于留 5 个通信地址，他曾经对采访他的记者作过解释。他说这样一来，一种强大的吸引力吸引他每天必须走完 5 个地方，这样"脚力"就不会衰退，病痛就少；另外，学生不会忘记，因为 5 个地址总有一个被记住。比如原母校、镇教师之家、镇工会、老年人活动中心、镇教育局。这 5 个地方的传达室，镇工会劳模联络办都去打过招呼。

7 月的一天，市气象台发布了强台风预警信息，电视台、电台轮番播送有关防灾减灾的警示，提醒人们尽量留在家里减少外出，避免发生安全事故。

像往常一样，下午4点钟，易老师又整装待发。台风造访，他是知道的，因此他今天特地穿一双高筒水靴，上身加了一条束腰带，戴上一顶藤质安全帽（防止高空坠物），手持一把伞柄带钩的大号老式布伞，既像一个出征的老兵，又像一个上堤巡防洪水的民工。

老伴见他这副行头，一把拉住了他，说："即使是聋子，也都应该听到台风预警。你不怕台风将你一把老骨头刮进榕里河吗？"

易老师威严地将老式雨伞向地上顿了一下，正颜厉声对老伴吼道："你再罗唆，我当你妨碍公务论处！"说完，顶着疏落而硕大的雨点和渐次加大的风力，出发了。

他艰难地次第走向一个个联络点，向值班员查询。值班员或者摇头，或者摊摊手，示意没信件。十几天来都这样。但易老师并不显出特别的失望。

最后一个点了，值班员似乎预感到这个时间易老师应该来了。他从值班室的窗口探出头，瞥见易老师顶着风向这边走来。他将一个信封亮了亮，对易老师说："这回你要请我饮茶呢！"然后笑眯眯地将信递给易老师。易老师像领奖那样又手接过，口里含糊地说着多谢的话。由于风大兼有雨，他怕损坏了信，忙将信放进斜挂于肩上的一个黑色公文袋。

他加快了脚步赶回家，来不及卸下"戎装"，便急急按亮那盏老式台灯，在藤椅上坐下来，开始看信。一看信封，他先是感到诧异，因为那牛皮纸质信封上印着"××市第二监狱"。他颤抖着手，用专用剪刀将信封剪开（这是他的习惯，他从来不会随手撕开信封），小心翼翼地将信纸抽出。

这是易老师过去一个学生写来的信，这个学生官至处级，掌管某单位的实权，因为经济犯罪，兼有生活腐化，被判了8年有期徒刑，投入监狱。这个学生来信的目的，是想让老师经常寄些文艺书籍给他，他说闲下来时越发空虚，想读点书，聊作消遣。

从读信那一瞬间开始，易老师的手就是震颤的，好像是自己犯了错误，现在受到了惩处，手上拿的是处分决定书。他颤抖着手，从大书橱里翻找出了几本书，然后又伏在老式写字台上，一字一字给这学生写复信。他的字写得大，且笔画老是画不直，显得有点歪歪斜斜。

从此，电视上、报纸上再没见到易老师的身影，是因为他拒绝出席劳模座谈会，拒绝接受采访。他的理由是，只要有一个学生没教好，就是自己的失职，自己的失败！

但是有一点易老师是没有改变的：每天下午4点钟，易老师依然风雨无阻，巡察在他生命中的5个"据点"。

花旦桃

事情发生在 20 世纪 90 年代初。

葛大的儿子葛根是个挺壮实的小伙，26 岁，在建筑工地当领班。谈了个对象春雁，快瓜熟蒂落了。

一天晚上，包工头叫葛根去饮酒，其实是让葛根埋单。大家都喝得醉醺醺时，各自回家。

葛根走到河边，见前后无人，向前靠了靠，对着看不见的河水撒尿，不小心足下一滑掉进水里，淹死了。春雁那边的婚事自然也吹了。

葛大老两口老年丧子，那份悲伤自不必说了。

过了个把月，村里 52 岁的巫婆花旦桃找上门来了。花旦桃并非真的是剧团的花旦，前些年兴旅游热，她去旅游，在一个景点有一项拍照服务，摊主帮她化成戏妆，穿上戏服在布景前扮"造型"。从此她硬说年轻时当过花旦。

花旦桃进屋后，前前后后左左右右看了个透，然后对葛大老两口说，他们死去的儿子葛根托梦给她，说在阴间很孤独好烦闷，春雁的离去对他打击很大，很想另结一门婚事。

老两口一听儿子有"信"，紧张得生怕听漏了一个字。但当听明白了以后，更是愁上加愁了。问花旦桃可有什么良策？

花旦桃也很犯愁，说办法不是没有，但恐怕花出的代价比起活人娶妻也省不了多少。

老两口一听还有弯可转，忙说这些年省吃俭用，老银是有一些，反正将来也不能带进棺材，能为儿女办点事也是莫大慰藉。

花旦桃扭着肥硕的屁股走了。

过了几天，花旦桃又来了，脸上有了喜色。她说在仙村物色到一户人家，女儿二娇18岁那年突发急病死了。她去问过二娇父母，二娇父母听说葛根是河里淹死的，怕阴阳不合，不答应。

葛大老两口开始时很高兴的，一听对方父母不答应，急了。葛大老婆急忙往花旦桃提兜里塞了一个大红包，赔着笑脸说，难得人家二娇是个未出嫁的黄花闺女，只要有弯可转，代价大点不是问题。

花旦桃说，她去问过算命先生，算命先生说可以做一台法事，让阴阳转合，就可以了。做法事我也打听好了，得3万元。

老两口一听，原先愁云密布的老脸立即透出一线阳光，忙说不贵的不贵。于是花旦桃拿了3万大元，屁颠屁颠去找人做法事了。

过了几天，花旦桃来了，一见面就说恭喜恭喜，说着从怀里掏出一张黄纸。老俩口一看，只见上面用朱砂画着一个字不像字符不像符的东西，不明所以。花旦桃喘过一口粗气，说，这是阴曹地府开出的准婚证，有了这个证，不怕二娇她父母不答应。

就这样，葛大老两口交了8000元给花旦桃向二娇家"过礼"，婚事就算定了下来。二娇家提的条件，婚事要办得体体面面，这样才对得起二娇。于是操办了38桌酒席，远亲近戚、街坊邻里统统被请到了。

花旦桃兼又做了证婚人。她将写有二娇生辰八字的"年庚"亲手放进葛根的骨灰盒里，又将二娇一张彩照与葛根的彩照并排贴好，这门阴亲便算礼成。

从此，葛大家与二娇家便成为亲家，每年三寿两节来往密切，一口一句"亲家"叫得挺欢。旁人说，村里活人婚事的亲家都没有这么黏糊。

但好景不长。过了年把时间，一天花旦桃蹙着眉头又来了。一见葛大，就说，大事不好，二娇悔婚了。

葛大老两口一听，吓得三魂丢了七魄，忙问到底出了什么事？

花旦桃说，葛根与二娇开初相处得挺好的，郎才女貌，并且又都是初婚。但日子长了，葛根身在福中不知福，又贪起杯来，喝醉了酒就拿二娇出气，把个好端端的二娇打怕了。二娇没办法，托梦给她这个证婚人要求解除婚约。

二老一听，顿时跌入愁云惨雾中没了主意，不迭连声求花旦桃想想办法，将好事做到底。

花旦桃说，这一年多来为了葛根与二娇的美满姻缘，跑细了腿，以为功德圆满了，怎知大麻烦还在后头。说着直叹气。

葛大老婆忙又向花旦桃兜里塞红包，就差没跪在地上求她了。

花旦桃眼睛望着别处，也能感觉到红包的分量。她叹了一口气说，可怜天下父母心，谁让我多管了这一摊子闲事呢？

花旦桃冥思苦想良久，突然双手一拍，吓了葛大老两口一跳。花旦桃说，东村狗蛋家也遇到过这档子事，后来还是通化寺一台法事给化解了。

于是按花旦桃给出的信息，葛大又颤巍巍地包了3万元现金给她，千恩万谢将她送走。

此后一个多月，花旦桃的"线眼"来汇报说，跟踪葛大老两口一个多月，未见他们沾过荤腥，天天都买最便宜的瓜菜，甚至还看见葛大老婆在菜场里捡拾别人丢弃的残菜头烂瓜蒂。

这天一大早，花旦桃收拾得光光鲜鲜，满脸喜气又来了，一见葛大老两口就说，通化寺就是灵，二娇托梦给我了，说葛根脾气改好了，他们又和和美美地过起小日子了。

老两口眼里都溢出了感激的泪花。葛大老婆颤着声音说，等孩子他三舅从城里回来时，我让他写一份推荐信，你一定能当选"全心全意为群众排忧解难好乡邻"的。

从十一二岁时起就精通心算的花旦桃，这时以闪电般速度心算了一笔账：两台"法事"共6万，38桌酒席，每桌收回扣300，共1.14万，再加前后红包，加起来接近8万袋袋平安了。

花旦桃听了葛大老婆一句夸奖，笑得身上的赘肉地动山摇地颤，随口而出说道：不敢当不敢当，这是我应该做的！

饿死的富翁

陆通是小区一带有名的富豪。

陆通是经营房地产生意发家的,那时候刚兴起房地产热。陆通是因为"投资失误",差点跳楼;但也正因那次失误,使他成了亿万富豪。

当初,他在远郊区以最低的价款买入了一大块土地,通过银行贷款大兴土木,建起了大型楼盘"绿野仙踪"。但是因为远离市区,交通不便,看楼的人不少,但买楼的人几乎没有。每个月的贷款利息,压得他喘不过气来。

但俗话说,时势造英雄。谁都没想到,城市的发展比发面还快,加上道路建设的快速发展,将当初的"远郊区"距离一下子拉近了。再后来,有钱的人嫌城市嘈杂、空气质量差,都跑到城郊买房;加上一句广告语"你想将家安在公园里吗?"的打响,"绿野仙踪"一下子全部售罄。

品牌打响后,陆通又在附近一带城市建连锁品牌,连战连捷,终于在十多年前,"盆满钵满"的他收手了。他到底拥有多少资产?连他本人也搞不清楚。人们只知道,以最保守的估计,即使存银行"吃利息",一年收入都好几百万，花不完的钱再又生利，即使天天锦衣玉食，也花不完。

但即使是这样，这样一个富翁还是活活饿死了。

事情还得从头说起。

他退出地产生意以后，和老婆住在小区里留给自用的一套别墅里，家里还雇了两个人，一个是开车的司机，一个是负责买菜煮饭的保姆。开始那几年，倒也优游自在。后来，陆通在《尚书》上看到，"人生五福"，是指"长寿、富贵、康宁、好德、善终"，也就是说，在所有福分中，长寿是首要的。

是呀，他的资产利叠利滚滚而来，几辈子都花不完，要是不能尽享天年，不就亏大了？

他开始研究起养生学。

但是令他忧心忡忡的事越来越多。比如说，大米镉含量超标，猪肉中含瘦肉精，用激素催长的鸡鸭鹅，用避孕药喂养的水产品，三聚菁胺奶，食品添加剂……真是防不胜防呀。

后来，他又听一个朋友说，他见过一个菜农，菜农说他不敢吃自家种的蔬菜，因为蔬菜天天喷农药，人吃了会累积中毒。那菜农说他只吃长在地里的部分，比如萝卜、薯蓣、番薯、芋头、葛根……陆通越想就越觉得不对路。

"长寿、富贵"，经过很长时间的思想斗争，陆通决定逃离城市，返璞归真。他辞退了司机和保姆，和老婆一起，带上足够的现金逃进深山里，开荒种粮，挖塘养鱼，饲养家禽，希望过一种没有污染的、自给自足的生活，益寿延年。

这种近乎原始人的生存方式，自然是非常的艰辛。老婆当初是因为他是地产富商才嫁他的，过惯了衣来伸手、饭来张口的生活，哪里受得了这样的折腾？对老公再三规劝无效，于一个月黑风高夜偷了部分现金，落荒而逃。

老婆跑了，陆通也不后悔。"只要活着，就是一切；要是死了，一切皆空。"他还是坚持这种原始人式的生活。他与外界唯一的沟通，是靠一台收音机。

一天，他从收音机里听到，当今的"酸雨"越来越厉害，且空气污染也不断扩散。陆通就想，自己种的作物也会吸收这种经过污染的水和空气，吃进肚里还是不靠谱……于是他慢慢变得厌食，人越来越瘦。

再说逃离了深山的老婆，手上的钱几个月后就花光了。而家庭所有存款手续都掌握在陆通手上，走投无路的她还是要回去找陆通。

当她历经千辛万苦，重回深山找到陆通，这时的陆通已瘦到皮包骨头。她连忙将带去的食物煮好，端给奄奄一息的陆通。但陆通连连摆手，表示拒绝。他用近于蚊子叫的声音说："食物污染，吃了慢性中毒，不能吃……"

没办法，老婆只好通过手机，向110、120求救。

但是老婆无法说清楚她和老公所在的这座深山的名称和方位。搜救队只好分散搜索。3天后终于找到了陆通。但这时的陆通，已停止呼吸多时了。

风水大师发迹记

风水大师西门楚留的大宝号位于闹市区，是一家经过工商登记的咨询顾问公司。虽不能用"客似云来"形容其生意兴隆，但起码可以说是丁财两旺。

店堂正面，贴着非常醒目的"润格"价目，其项目从婴儿改名，结婚择日，孕妇开刀择日，看房屋风水到墓园风水，看店铺风水到别墅风水无所不包。"最低消费"为 2800 元，最高消费是给别墅看风水，为 10 万元。

说起来，西门楚留的风水学问，既非祖传，也未得门派葵花宝典。他的发迹很有点传奇色彩。

他是改革开放后第一批下岗的国企工人。之后他找过几份工，高的做不来，低的又嫌有失身份，因此生活相当窘迫。有一天，他从一个旧书摊边走过，见到一本有点残破的《风水学入门》，花 2.8 元买了下来，回到家就一页一页看起来。这时他才知道，风水学其实并非骗术，而是一门综合了地理学、气象学、建筑学、植物学、动物学、心理学等学科知识的综合性学问。其实每个人都可以掌握这些学问，只不过大多数人不懂得找一本这样的书来读读罢了。

开始时，他凭着从书上看来的几个名词术语，偷偷摸摸给人看风水，生意非常清淡不说，报酬也低得可怜，有时只赚得吃一顿饭；光景好时，也就是每次赚个三五十元。

他第一次走红，得益于为一座墓园看风水。那一次，一个开发商投资开发一座墓园。那时不像现在，所有先人骨灰都要集中在墓园或骨灰楼安放，而是各行其是，"随遇而安"，因此开发墓园的投资存在相当大风险。

开发商找到西门楚留，商谈了好几次。开发商的意向是，不论实际风水如何，只要他能将墓园炒作成为一流的风水宝地就大功告成。

西门楚留拿着一件观测风水用的罗盘，这里瞄瞄，那里测测，突然若有所悟说：此乃龙脉之所在！接着，他指着远山，说出龙头、龙身、龙尾、龙爪之所在，说得云里雾里，听得开发商一愣一愣的。开发商不耐烦了，说，痛快点吧，怎样？

西门楚留兴头上被开发商泼了一瓢冷水，有点不快，长话短说："埋葬在这里的先人，其后世必有人黄袍加身！"

开发商本来对西门楚留有三分把握，听了这话，"嗤"的一声笑出声来，说，"如今是什么时势，还说这些几百年前的旧话，鬼才信么！"说罢扬长而去。

西门楚留半是委屈半是后悔。说委屈，是因为他只不过"依书直说"；说后悔，是因为他忘记了时势，皇帝老儿已被推翻近百年了。

但谁也想不到，不久以后有一件事验证了西门楚留风水学的正确性。事情是这样的：

鸦岗村一个年轻人叫赵文标的，10多年前考上了省粤剧学校，毕业后分配在 M 市粤剧团。粤剧有所谓唱念做打的说法，即是说，唱功是最重要的，其次是念、做（演）、打（武功）。文标的声线不佳，只能演一些配角。有一次巡回到家乡演戏，文标演的是皇帝，正是"黄袍加身"。乡下人对戏剧没甚研究，觉得演皇帝是最风光的。相反，即使演主角，而主角是乞丐或落难之人，乡人反而会为之叹息，认为落到这步田地有辱祖宗。

而文标的先人正是葬在待开发的这块岗地上。

开发商闻知这事，惊讶得如遇仙人，即布置许多手下到处张扬，由此墓园穴位十分抢手，销售业绩节节攀升。而西门楚留的声名也随之大振。

当然了，虽然四乡八里的人都在风传西门楚留风水算得准，但毕竟那仅仅是乡下人见识而已。

真正使西门楚留名声大振的是另一件事。

5 年前，M 市遭遇百年一遇的洪水威胁。M 市水利局局长邱维是接任这个职位不久的新官。100 年前那场大水，莫说邱局长本人，连他爷爷都没见到，其惨况他只是从水利史上见到。对于即将袭来的这场洪水猛兽，邱局长慌了神，心中一点把握都没有。

惶惶不可终日之际，他听说风水大师西门楚留工于神算，于是立即派秘书科的人将西门大师请来。邱局长将自己担心的事和盘托出。

西门大师听罢，在心里打响了小九九。他对 M 市的水利设施和抗灾能力一无所知。但他明白，此事只有两种可能性：大堤安然无恙，或者全线溃堤。不论说出哪一种结果，都命中了 50%。他再又想，M 市经济实力雄厚，水利设施不会差，况且前面 10 年一遇、30 年一遇、50 年一遇都抗住了，可见在抗灾保堤方面有相当基础。于是西门大师拍了拍邱局长的肩膀说："我掐算过了，你的命相是官运长久，并且还有上升空间。照此推算，大堤的事，你大可放心得啦！"

真是时也运也。这次百年一遇的洪峰顺利过境，M 市的抗洪斗争全面告捷！庆功宴上，邱局长请西门大师坐了上席，连敬三杯。

从此，西门大师身价百倍，给人看风水不但收费不菲，并且要提前10天跟他的助手预约。

不过，最近出了一点小岔子，使西门大师的声名略受小挫。那天，西门大师出外看风水归来，遇到了台风夹带暴雨。本来，如果他将自己的座驾宝马车泊回地下停车场，自己也回家歇着，是什么事也不会发生的。但是他不知为了什么，或是等一个什么人，竟然将车停在小区外一株千年古榕树旁。台风袭来时，古榕树被连根掀翻，正好砸在西门大师的"宝马"上，西门大师也受了重伤。

这事经过媒体曝光，在 M 市引起轩然大波。人们无法找到合理解释，只好自圆其说：

"人算不如天算呀！"

十个光头九个富，剩下一个……

常言道，10个光头9个富。

潜意识里，还有一个不富的。不过这也合常理，个个都富了，谁去做穷人呢？

新中国成立初期，榕里镇上就有一个光头的穷人。

这个人叫金鑫。祖上给他起这个名字，是祈盼他长大后除了金子剩下的还是金子。

可是这名字并没起作用。这也是，若是起个金字多的名字就能"多金"，那岂不满世界的人都同名同姓了不是？

说起来，金鑫的祖上真是富甲一方的财主。他的土地多到什么程度？打个比方吧，顺着风向，在这边敲锣，那头边上的人没法听得到；房屋多到什么程度？他曾悬赏让人去数那些房屋的门，连最精明的术数师都数不过来。

所谓富贵不过三代。到了金鑫祖父那一代，不但三妻四妾，还染上了赌博恶习，赌注越下越大，已经输掉了大半家产。

到了金鑫父亲这一代，更是青出于蓝胜于蓝，嫖赌饮荡吹五毒俱全，于 1949 年前夕已散尽家财。

新中国成立时，金鑫是 20 出头的青头仔。在这个年龄层的人中，他是罕有的光头，评了个"破落地主"的成分。

其实，金鑫是真正的无产者了，住在郊边一间无主的破屋里。他从小没有学到一技傍身，又不习惯田土功夫，为了糊口，他只好到处捡破烂。榕里一带的人将此营生称为"执地佬"。

他每天挑一副竹箩，走街串巷，口中叫着"收买烂铜烂铁旧书报旧酸枝台椅。"其实，多数时候他是在捡拾不用钱的东西。

有一次，他到了一处旧宅，见门环被粗铁丝扭绞在一起，趁四下无人，他小心将铁丝拧开，进到里边。他想起了，这是一个富户，新中国成立前夕举家逃到了国外。看来，在金鑫之前，已有不只一茬人进来淘过宝。因此到处是不值钱的破书烂纸、烂衣服。不过，金鑫不嫌弃，他将凡是拿得走的东西，不管是什么破烂，通通收进竹箩里，足足装了两箩，直至太阳西下，旧宅里阴森恐怖时，他才匆匆离开。

回到破屋里，他就着煤油灯，将破书烂纸整理一番。因为即使是卖废纸，也得捆扎好人家才收。他在破书烂纸中发现了一些留之无用、弃之可惜的东西，比如字画，比如一些旧契约文书，比如一些破损了的陶瓷古董，他还发现有一本集满了旧邮票的邮册——不过，那些邮票现今已不再流通。

新中国成立初期，人们生产生活尚未恢复正常秩序，生活中第一需要的，是能吃的东西，或者能穿的衣服，其他的，送人都没人要。此刻他才明白，这些破烂，为什么前几茬人没有捡走。

金鑫完全不知道这些破烂有什么用。不过，正是由于送人都没人要（更不必说会有人收购），他就将它们保留了下来。

接下来，他又淘了几处类似的人去楼空的旧宅，所得几乎都是这一类不值分毫的东西，在他的破屋里，足足堆了半屋子。

日子相当拮据。金鑫经常吃不上饭，或一天只能吃一顿稀粥。人们经常看见他挑着那两只竹箩，走街串巷，高叫收买破铜烂铁旧书报旧酸枝台椅，眼睛却往卡卡角角里瞄——看有什么破烂可以捡拾。常常有人拿些用过的西药瓶子卖给他，每只1分钱；他转手拿去卖给卫生站，每只赚1分钱，弄到一点钱，就去买米。

一直以来，金鑫成了榕里镇一个话头。每当有人说起"十个光头九个富"时，就会有人搭嘴："剩下一个破落户"。金鑫成了榕里无人不识最穷的人。

及至后来"大跃进"、三年困难时期、……元气刚恢复，又搞"文化大革命"。不过，由于众所周知金鑫是最穷的人，所以红卫兵、造反派都没有去光顾他。

金鑫也就一直做着执地佬的营生，有一顿没一顿地熬日子，自然几十年间，也没一个女人愿意委身于他。

有道是三十年河东、四十年河西。真正让金鑫时来运转的是改革开放人们生活富足起来之后。此时收藏热也随之兴起。

这时，金鑫才想到要将家里半屋子破烂清理一下。

他一样一样展开、铺平、端详，发现那里面竟有宋徽宗真迹，有郑板桥画作，更多的是古代书家的书法。

有一天，他在街头贴报栏看到，有一枚清朝早期发行的邮票，价值相当于一套大户型的商品房。他立即跌跌撞撞奔回破屋，拿出当年捡来的那个本子，翻开，只见上面是连排的清朝早期邮票。

金鑫仰天长叹，说出一句："时间就是金钱呀！"

从此，金鑫不需要出去"执地"了。每天，上门来高价收购"古物"的人，一茬接一茬，到了后来要预约时间了。

说老实话，金鑫并不太清楚他满屋"宝物"，每一件值多少钱？因此他只晓得往高里要。但是很奇怪，那些识宝人，出手也都很大方。

有一次，一个古董商指着墙角边一件"陶公仔"说：这是汉代帝皇陪葬的陶俑。经过几轮讨价还价，以 18 万元成交。事后他再翻找一下，像这样的老古董有好多件。

看着一屋子的破烂，件件价值连城，金鑫说得最多的一句话就是："时间就是金钱！"

那时候，"万元户"已是显赫一时的人物，而金鑫转眼已家资数百万元，银行主动登门为他办理理财手续。

这时金鑫也才 50 多岁，他的光头油亮油亮的，即使在夜间都会像夜明珠一样闪光。他早已买下了整栋商品楼，并且娶了城里来的一位刚刚大学毕业的女生为妻。

金鑫这个早已与时代脱节的老八古董，什么新事物都不懂，幸好娇妻带着他，进卡拉 OK 厅，听演唱会，看世界杯、外出旅游……金鑫许多次使劲拧自己大腿，为的是验证一下是不是在梦中。

这天，娇妻带着他，包了豪华包车去深圳旅游。一到深圳，金鑫看见到处都写着斗大的横标：

　　　时间就是金钱，速度就是生命。

突然，金鑫狂叫一声："这句话是我最先说出来的！"

一路上，金鑫狂叫不止："这话是我最先说出来的！"

路人都诧异地看着这个狂人，唯恐闪避不及。

娇妻不明白老公为什么会变得这么亢奋，这么狂躁，吓得慌了手脚。在路人帮助下，七手八脚将金鑫送到了精神病院。

医生经过仔细检查，认为金鑫并不存在精神问题。只是给他用了一些镇静药。

回到榕里，金鑫每天都跑到街上，大声叫嚷着："我没病，我没病！不信，你们到深圳看看，满街的标语，是我最先说出来的，是我……"

金鑫没法回复正常人的生活。娇妻分得了他部分财产，返城而去。金鑫满不在乎，因为他随时可以包到情妇。

于是榕里人又多了一句俚语："十个光头九个富，剩下一个包情妇！"

水鬼之河

那时候，每年农历七月初三，都会有一艘卖"缸瓦"的木船开到富寿大桥脚，泊驻一天一夜，然后离开。

船上是一对老夫妇，年纪都在 60 多岁。由于他们每年都出现，街坊们都见惯了，于是称男的为船公，称女的为船婆。

20 世纪五六十年代，这种船比较流行。船上卖的是佛山石湾镇出产的砂煲风炉、瓮缸盆碗或其他陶制杂件。每当船靠岸，就会有许多街坊前来选购。

改革开放之后，人们逐渐改烧柴为烧燃气，厨具也多改用锑铝制品或不锈钢的，传统的砂煲风炉及陶瓷缸已淡出人们的生活，因此这种缸瓦船已甚为少见。

怪就怪在这对老夫妇和他们的缸瓦船，依然年年如是，风雨无阻，一定于农历七月初三这一天准时出现。自然，通常是很少有人光顾，多数时候营业额为零。

只有住在桥西的一位老公公，知道这件事情的来龙去脉。

20世纪60年代，那时的船哥和船嫂都正值年轻力壮（街坊们称之为船哥和船嫂）。他们的船上装满石湾陶瓷日用品，沿着珠江河及支流，一个墟镇一个墟镇去销售。他们的出现有一个固定的排期，这样方便街坊前来购买。木船就是他们的家、他们的交通运输工具、他们的商店，风吹来，浪打来，小小一只木船，像一叶无根的浮萍，风里浪里到处飘摇。

船哥和船嫂永远不会忘记，1966年那一年农历七月初三。那天天气格外晴朗，河水也好像特别的清澈。他们的船到达里水大桥脚，才绑好船缆，就有客上船买货。如是顾客不断，货卖得比往日多。

直至中午，忙昏了头的夫妇才猛然想起，用绳子牵绑在后舱的儿子怎么总不哭不闹呢？

珠江的船家都是这样，用一条坚牢的布带子箍住尚未懂事的孩子的胸脯，再将绳子的一头系在船上一个可靠的地方，孩子的背上再拖一个空心葫芦。这一切是为了防止孩子掉进水里。

年轻的船哥和船嫂几乎同时转身望向后舱，这一望，使他们的心一下子沉到了深渊里——孩子不见了！

他们踩着易碎的缸瓦同时扑向后舱，他们只见到系孩子的布带子依然牢牢绑在船板的铁环上。再将目光投向水里，空心葫芦在水面一漂一漂的。

船哥不顾一切扑进河里，抓住葫芦，但葫芦是轻轻的，只系着一条光绳子。这时船嫂也跳进了河里，两夫妻发狂似的在船的周围摸索搜救。

但是什么也没有搜到。

这时他们才想起了叫救命。凄厉的叫声，惊动了过往行人，许多人都立即甩掉衣服就往河里跳，帮忙搜救。

搜救范围不断扩大。

直至下午4点多钟，依然一无所获。帮忙搜救的路人一个一个垂头丧气爬上岸。

只有船哥和船嫂依然失魂落魄，在河里搜索……

天黑了，热心的街坊下到水里，将船哥船嫂硬拖硬拽上岸来。有人买来了元宝香烛，点燃，插起招魂幡，这是水乡人招魂的方式。

有人私下里议论，等"一个对"（注：方言，时针运行一圈，即12小时）后，尸体就会浮起。

但是一个对、一天、两天、三天过去了，生不见人，死不见尸……

船哥船嫂一直不吃不喝。船哥双眼发直，船嫂不停地抽泣，含混不清地重复着一句话：千不该万不该只顾赚钱，金山银山于我何益！……

那时候，里水还没有公安派出所一类的机构，更没有应急搜救队一类组织，完全是民间自发搜救。

一个令人毛骨悚然的说法暗中传播：河里有水鬼，过去也发生过类似的事。水鬼只有找到了"替身"，自己才能转世投胎……

从那一年开始，每年的农历七月初三，船哥和船嫂都将缸瓦船驶到当年出事的桥脚，插起招魂幡，点燃香烛拜祭。

经历那一次不幸的打击，船哥船嫂一下子苍老了许多，并且一年比一年显老（于是人们改称船公、船婆）。更遗憾的是，在那之后，他们再也没有生养。

直至今时今日，尽管他们经营的货品已淡出人们的生活，但他们依然操此营生，尤其是每年农历七月初三，风雨无改地赶到富寿桥边。40多年过去了，缸瓦船连同船上的货品，依然与当年几乎一模一样。据船公船婆说，是为了孩子认得自己的家。

每当他们的船回来，老相识老街坊都会上船去，同船公船婆聊聊世事生计，开解他们创伤的心。船公船婆说，虽然他们的孩子在这里发生了意外，但里水乡亲的殷殷情意，却使他们没齿难忘。

人们分明听见船嫂在拜祭时，口中念念有词："仔呀，父母对不起你，让你受罪了。可是你千万不要再害下一个人，你就做一个护佑一方平安的河神吧！"

桥西老公公可以作证，自那一年之后，河里再没淹死过人。

西街皇后

20 世纪 80 年代初期，那时榕里镇人很少发生不育不孕的事。据邻居说，有这种情况的只有三家，屠宰场员工老康是其中一家。

三家都没有抱养小孩。原因是认为自家生的尚且不一定孝顺，抱养的孩子少有贴心贴肺的。

不过，老康家后来还是抱养了一个小女婴。

也不是专门抱养的。他老婆田螺患有哮喘病，那天老康提前下了班，带田螺去镇卫生院看病。卫生院上午热闹得像赶街，下午 4 点以后门可罗雀。

看完病，取了药，他们准备回家了。这时卫生院大堂空无一人。田螺走得慢，她突然将走在前面的老康叫住，说："你看看，这箱子好像会动！"老康随她手指的方向看去，见供病人休息的长椅上有一只纸箱，定神看了一会，纸箱真的又微微动了一下。

俩夫妇好奇地走过去，掀开纸箱盖看看，只见是一个白白嫩嫩的婴儿，估计生下来还未满三周。婴儿也不哭，瞪着一双无助的小眼睛，偶尔蹬一下小腿。估计是哭累了。

谁家的孩子？丢在这里多危险！他们这样想着。田螺说，不如我们坐下歇一会，等到孩子的家人来了再走。

老康是个非常随和的人，无所谓地依了田螺的意愿。

可是等到卫生院下班，等到天黑，都没人来抱回这个婴儿。

"莫非是个弃婴？"他们这样想着。这时婴儿哭了，哭得很凄切。田螺说，可能是饿了，也可能是尿湿了尿布，于是抱起来打开看看，原来是个女婴。

再等了好大一会，确证是个"无主"的婴儿。老康夫妇对视了一下，彼此会意：将她抱回家！

就这样，老康家添了一个新丁，有了婴孩啼声，就有了生活气息。老康给她取名天赐，说是天赐给他们，来陪伴他们的天使。这一年，老康40岁，田螺32岁。

转眼间，天赐读到小学四年级，功课不好不坏。也难怪，老康夫妇都没多少文化，辅导不了她。有天下午天赐放学回来，哭得很伤心。这时老康还未下班，只田螺在家。田螺忙问女儿，谁欺负你啦？

天赐好大一会才止住了抽泣，说，别的同学都不掺她玩跳皮筋，说她是"野崽"，是爹妈捡回来的。

田螺忙帮女儿擦去泪水，说："别听他们胡说八道！别人不掺你玩，我们自个儿玩！"

不过，缺少玩伴，孩子总是不开心，郁郁寡欢，独来独往，养成一种沉静、忧郁、敏感的性格。

天赐长到16岁时，出落成一个非常清纯靓丽的大姑娘，尽管她穿的常常是亲戚或邻居淘汰的二手货，往往显得不合体，但遮盖不住她标致的脸蛋和窈窕的腰身；她随便将长发编成一条独辫子，不论走到哪里，都成为注目的焦点，连上了年纪的老人也忍不住多看她几眼。

也就在这一年，天赐休学了。原因是，她娘（田螺）早年就患上的哮喘病越发严重了，生活已不能自理。尤其进入冬季，喘得更厉害，门都不能出了。家庭的全部开支，都靠老康在屠宰场那份不高的收入。为此，天赐主动放弃了学业，在家侍奉娘亲。

收入低，还得匀出许多钱给田螺医病和调理身子，家庭经济越发拮据了。屠宰场体恤老康家的困难，同意将部分加工业务"发外"给老康带回家做，具体来说，是将宰杀好并已脱毛的"光鹅""光鸭"，用板车运回家，用业余时间开膛破肚。这业务是没有工钱的，作为报酬，除鹅（鸭）身和鹅（鸭）肾收回归屠宰场，其余"下水"归老康家。有用部分主要是肠子和肝、心脏。

有了这份活计，天赐很欢喜，她对爸说，爸你尽管多领工件回来，我白天做。这样既可以照顾妈，又不愁没下饭菜，多余的还可以摆个小摊卖钱，帮补家用。

女儿这么懂事、这么顾家，老康欣慰得说不出话。

老康的家不但地方浅窄，而且是"偏头屋"（方言，是指无后门也无园落的房子）。给鹅鸭开膛破肚及清洗肠脏的事，天赐必须在街门口干。她用一条胶管将家里的自来水引到门口，就坐在一方小板凳上，手脚麻利地干活，还摆个小方桌，将一副副清洗好的鹅（鸭）肠子、肝、心脏摆放开，用硬纸板写上：每份2角。买的人还真不少。

有一天，天赐正迷头迷脑在那里干活，无意中一抬头，猛然见斜对过的街边，站着4个大男人，目不转睛地盯着自己看，一时羞了个大红脸。不过她转瞬就镇定下来。俗话说，不偷不抢，没什么丢人的，让他看吧！

不知从什么时候开始，天赐发觉别人暗地里给她起了一个外号"西街皇后"！她觉得既好笑、又无聊，皇帝老儿都死了几百年了，这世上还哪里会有皇后！

有一天，一位人称四嫂的街邻，搬个小板凳来跟天赐做伴，还帮天赐干活。天赐感到很过意不去，对四嫂说，你来陪陪我，我已很高兴，就不要帮我干活了，这鹅鸭肠脏，腥气大呢！

　　四嫂慈爱地满脸笑容，说来沾沾你的花仙子气，反正闲着也是闲着，动动手亏不了！天赐也就不好再说什么了。

　　如是者，四嫂经常来，和天赐也就熟络了。有一天，四嫂凑近天赐，压低声音对天赐说："四嫂我有件心事一直想对你说，又不知该说不该说。"

　　天赐抬头望望四嫂那战战兢兢的样子，扑哧一声笑了，说："我们都是女人，女人之间有什么不能说的？"

　　四嫂说："我有一个远房侄子，是香港的一位富二代。他们家经营旅业和餐饮连锁业务，论家财，买得起整条西大街有余！可就是找对象太挑拣，媒人跑瘦了腿，介绍了无数个，他都相不中。上两个月他回来参加旅游推介会，顺道来探望我，经过你家门口，和他的跟班站在街对面看了你半天，整个人被迷住了。一踏进我家门，就语无伦次地说，长这么大个人，未见过这么清纯的美人儿！"

　　天赐并未停下手中的活计，又扑哧一声笑了，说："别拿我寻开心了，那样的富贵人家，我就是打从门口过，腿都会吓得发软呢！"

　　四嫂知道这是姑娘家的矜持，见她没有抗拒之色，于是便放胆了。四嫂说："我表侄说了，若能俘获你芳心，什么条件都可以答应。你家里缺你不得，不过这点你放心，把父母都带上也行；要不，他给你家另买商品房安顿二老，请住家保姆侍候你妈，你爸也不用起早贪黑去屠宰场挣那点工钱了，你还可以常回来走动啦！"

　　这回天赐听出四嫂是来真的，正色道："世间上谁都巴望荣华富贵。但咸鱼白菜，各有所爱，我就挺爱现在这种无忧无虑的闲散日子，况且切肉不离皮，即使天塌地陷，我都不会丢下我爸我妈！"

　　这时四嫂脸上的笑容敛了一半，将声音压得更低，说："我不怕做丑人，要将一个秘密告诉你。你不是老康和田螺亲生的，是捡回来的呀！"

天赐表现得很平静，说："这一点，在我小学毕业时，我娘已经告诉我了，当时我哭得很伤心，为亲生父母的狠心抛弃，也为后来的爸妈给我无私的爱，要不是爸妈的养育之恩，我早已不在人间了。只有他们，才配做我的爸和妈！"说着，天赐的眼圈红了。

后来，四嫂依然常来，依然很熟络地帮忙干活、聊家常，只是天赐拒谈婚嫁之事。

很久以后，四嫂才得知，原来天赐的心，早已属于屠宰场的一个小伙子。那小伙子原先是老康的徒弟，因为诚实、勤奋，后来被提拔为场长。

这段恋情还是老康出面做的红娘。

卖肉的男姑娘

榕里镇肉联厂有个职工叫冯妹，户口簿上明明写的是男性，可他的行为表情却充满女性的阴柔美，人们都称他叫"卖肉的男姑娘"。

冯妹在姐弟中排行第五，他上面的 4 个全是女的，父母一连生了 4 个"赔本货"，每一个女儿的名字都带有希望下一个是男儿的意思：婷（停止生女），芷、涧（梅花间竹）、来弟。终于真来了一个"带把儿的"。

榕里有句土语，叫"鸡是公的易活，人是母的好养"，暗指男丁容易夭折，因此父母从小不敢给这男孩起名，叫他"阿妹"，正名冯妹。开学读书后老师点名，叫声"冯妹"，却有一个男孩应到，还批评他没听清叫名不应该乱答。

父母从小将冯妹当女孩养：为他扎辫子，穿花衣，着花鞋花袜，加上在姐妹堆里成长，造成他从小的身份认同是个女儿。

开学读书，他依然总是往女孩子堆中扎，开始时大家挺玩得来。后来，女孩子们见他上厕所却是上的男厕，于是有了排斥心理，不掺他玩了；而男孩子那边呢，看见他奶声奶气的，像个大姑娘，也不兴掺他玩。

冯妹读到高中毕业没考上大学。按当时规矩，父母退休可以让子女顶替。在肉联厂卖肉的爹提早退休，为的是能让冯妹顶替进厂，因此冯妹也就成了个卖肉的。

起初，冯妹高低不接受这职业，说整天丢人现眼的，难为情。父亲说，你不要忘了你是个男人，是男人就要有男子汉的气度，别人看你，你不会看回他（她）吗？多少人做梦都想进国营厂，你的四个姐姐也都想，我是特别疼你，才提早退休让你顶替，你别不识好歹！一顿抢白，冯妹不敢再多言。

冯妹被分配到河滨路菜市场肉档，从此他成了菜市场引人注目的焦点。

过去，人们给卖肉的卖鱼的编了顺口溜："卖肉佬，肥吞吞；卖鱼佬，腥晕晕"，调侃他们的不修边幅。但偏偏冯妹一副玉树临风的身材，走起路来一扭一摆的，从背影看，似女人多于似男人。他切肉时，翘起兰花指，秀气十足。南方的夏季热得喷火，别的卖肉佬都光着上身，搭条拧得出油的毛巾在肩上，有时嘴里还叼一根烟。可冯妹却不这样，穿着长袖衬衣，捂得严严实实，有些心术不正的人就造谣说，冯妹是"两性人"，有女性性征，因此他才捂得严严实实。

有一次，肉联厂两个后生搞了一桩恶作剧，他们假装互相追打，其中一个吃亏了，就拎起一桶水追另一个，想用水泼对方。"目标"人物没泼着，却"失手"将水泼到了冯妹身上，目的是想看看冯妹更衣。

冯妹明白是遭人作弄，也不生气，斯文淡定从工具箱拿出一件干净衣裳，躲到厕所的暗格里去换。从此，人们的好奇心更重了。

"去看卖肉男姑娘"，成了许多人一大嗜好。有一次，两个男子不知为了什么事，在肉档前骂起架来，吵爹骂娘的脏话一个劲从口中往外喷，弄得冯妹脸都红了，这两个人就更起劲，荤的素的连珠炮似的对骂，冯妹脸面扛不住，放下刀，腰一扭，转过脸去，柔声细气兀自说了一声

"真不要脸"！

这时候，两个"骂架"的男人互相打了一个眼色，心满意足地走了。

有一次，肉联厂工会活动，组织职工去流溪河旅游度假。住夜时可闹了个大笑话。旅店总台的人粗心大意，一看名字以为冯妹是个女的，将他与另一个女的编在一个房间。吃过晚饭，冯妹拿着房卡去开安排给自己的房号。门一开，赫见一个女的正宽衣准备洗澡，两个人都吓得尖叫了一声。

工会干事只好将一个双人房让冯妹一个人住。

由于诸如此类的传闻多了，冯妹到了二十七八岁年纪，依然没有一个姑娘肯嫁他。这可急坏了他早就等着抱孙子的父母，给媒人的红包不知派了多少个，媒人也到处磨破了嘴皮子，但女子一听是"卖肉男姑娘"，都嗤嗤地笑，然后就对媒人说："要嫁你自己嫁去吧！"

榕里有句俚语"只会剩饭剩菜不会剩人"，偏偏就有一个姑娘喜欢冯妹。这姑娘是冯妹的姑表妹，叫姚艳。且慢，五服之内的血亲不是禁止结婚的吗？原来是冯妹的姑姑没得生养，这姑娘是领养的，与冯妹没有血缘关系。姚艳是个自小爱文静的姑娘，她偏爱表哥冯妹斯文、彬彬有礼，心里默默地说，他只不过外表像贾宝玉而已，林黛玉还非贾宝玉不嫁呢！

冯妹姚艳结婚那天，榕里镇沸腾了。冯妹家附近几条街巷塞了个水泄不通。有个不怀好意的人竟说，怕是同性恋呢！

"冯姚配"这段姻缘，不但结婚前后那几天成为榕里一大新闻，并且往后一直是榕里人关注的焦点。有人猜想，倘若冯妹真是"双性人"，那么这段婚姻肯定长不了。

没想到，短短三年内，冯姚这对夫妻就接连生下一双儿女，喜得冯妹父母天天像喝了心抱（方言：儿媳）茶一样咧着嘴笑！

从此，人们看冯妹，一举一动，一言一行，都是个标准的有文化教养的帅哥儿！

晒钱

前两天晚上我和鹿角村阿东通电话时，顺便问起七姆的近况。阿东说，这两天天气好，她天天忙着晒钱。

阿东是七姆的小儿子。我在鹿角村搞"三同"（注：指同食同住同劳动）时，住在七姆家，那时阿东才是几岁大的孩子，现今已是40多岁的汉子了。七姆有二子一女，都欢迎七姆去同住，但年过八旬的七姆感觉自己身子骨还挺硬朗，执意要守住自家的窝。

"晒钱？"我感到这话太夸张了。鹿角村那地方以前穷得叮当响，虽然这些年有所改善，也不至于钱多到要晒吧！

于是我决定去探访七姆，顺便看看到底是怎么回事？

七姆住的房子是那种叫作二层半假三层的小户型砖屋，是20世纪80年代建的，如今已显旧。门是虚掩着的，我叫了两声七姆，只听见她在屋顶晒台上应："谁呀？"

我顺着很陡的木楼梯爬上晒台，只见七姆坐在小板凳上，整个晒台地面铺满了一分、二分、五分、一角、五角的小额纸币。

七姆一见我就认出来了。我站在通往晒台的门洞口，见晒台已无插足之地，因此我就站在那里和七姆说话。

七姆告诉我，几十年来，她都是种菜、卖菜，直到几年前感到力不从心了，才不再挑菜上墟场卖，不过每天还是坚持下田拾掇拾掇，这已成为习惯。

她说，以前菜价低，才几分钱一斤，金贵些的，也就两三毛钱一斤，因此每天都收下大把大把的零钞。天天日出而作，日落而息，累得贼死，哪有心思去整理这些零钞啊！于是除了必要的花销，其余的就用麻袋储存起来，拢共储了三麻袋哩！

前几年，听外出打工回来的人说，省城有高价收购分币的，说只要买一本书来看看，就什么都清楚了。于是七姆花了170元钱，让读初中的孙子寄去城里，邮购了一本《货币收购指南》。那本书印得很精致，上面详细开列着，哪一年发行的某种人民币分币，收购价是多少。按那样算，我这三麻袋零钞，起码值几十万呢！

于是让阿东雇了一部0.6吨的小货车，将人连带三麻袋零钞捎上，向省城进发。

找了老半天，才找到《指南》上说的地址。那是一间古玩店，一问店家，店家说根本没有收购零钞这回事。

阿东拿出《指南》。店家说，印书的人根本没和他们打过招呼，属于欺诈行为。隔三岔五就有受骗者拿着大把分币找上门来。

七姆说，我们风尘仆仆，远道从乡下赶来，耗钱费事的也不容易，希望他指点一个收购分币的地方。

店家说，早期发行的旧钞票是有一定的收藏价值，不过由于民间存有数量很多，价值也并不高。并且能作为藏品的，是指那些发行后未经进入流通领域，保持连号的新簇簇的"新钞"，而不是这些皱巴巴的残旧钞票。

阿东建议，花一定的手续费，将这三麻袋零钞存进银行，让它生利息。

七姆决断地手一挥，用塑料绳将麻袋口重新扎牢，说，哪也不去，回家！

说到这里，恰巧阿东送汤水来七姆。七姆叫阿东招呼我到楼下坐着说话，她收拾好钱就下来。

在楼下窄小的、十分杂乱的客堂，阿东向我讲起了七姆的日常生活。

阿东说，婶娘（阿东对母亲的称呼）82岁高龄，没有进过医院的门，没吃过一粒药丸，更没打过针，靠的是两件"法宝"。

一件是侍弄泥土。婶娘说，万物生于土，万物归于土。只有土地能赐给人类赖以生存的物质，其他一切什么工业制造、运输、销售……都不是"生产"，而只是物质的转换和流通。

另一件是数钱、晒钱。每当农闲，天气好时，她就晒钱，边晒边数。但从来没有数清过到底有多少钱。他一边数钱，一边自言自语，回想着过往的岁月，种菜、卖菜……风风雨雨几十年就这样走过来了。每一张纸币，都沾着她的汗水啊！

我一下子明白了许多。我对阿东说，收获和拥有是一种快乐。当一个人什么都不再拥有，这个人也就完了！

阿东好像不明白我在说什么，苦笑了一下，说，你们读书人，不论遇到什么事，总能说出一些稀奇古怪的道理！

蛆虫东和他的女儿

拿人的名字与蛆虫连在一起，似乎是对人的亵渎。其实不然。因为我们这小地方习惯用职业加上人姓名中的一个字构成昵称，比如剃头成、箍桶六、卖鱼强……因为阿东是靠淘蛆虫为生的，于是很自然就叫蛆虫东。

蛆虫东原先并不淘蛆虫，他是知青出身，回城后进了水泥厂。水泥厂属污染大户，10 年前就关闭了，从那时起，阿东也就下岗了。

说起来，阿东的命好苦。他的妻子在产下女儿后，得了一种什么病。镇医院的医疗条件不够，连夜转送市医院，但在半路上已不成了。阿东又当爹又当娘的将女儿念慈拉扯大，她转眼间已 18 岁，在职业技术学校快要毕业了。这念慈眉清目秀，身材又好，走在街上，无论男人女人，都必定回头看她。

再说阿东刚下岗那阵，由于年龄偏大，文化偏低，四处求职都不被接受。有一天，他路经一家中药材收购站，看见收购药材的名录中，有一种叫蛆虫。他去图书馆查了一下《本草纲目》，才知蛆虫乃蝇之子，是一味中药，"治小儿诸疳积疳疮，热病谵妄，毒痢作吐。"

淘蛆虫，就是脏些，低贱些，但技术容易上手，不需大的投资，阿东决定就干此营生。

从此人们就叫他蛆虫东。

他在家里腾出地方养蝇产子，淘洗干净后，再晒干，就成现货。再后来，他又用蛆虫养鸡，鸡肉品质好，产蛋率高，收入还不错。

一干10年，父女俩的生活有了着落，还能供女儿上小学、初中、技校。

可是最近，蛆虫东决定不再干此营生了，原因是他怕干此营生，会影响女儿的声誉。

去年，市里选拔城市形象大使，先在各区、镇"海选"。他女儿是镇上一枝花，自然也参加海选了，并且进入决赛。

那天晚上，蛆虫东早早收工，换上一套干净衣裳，悄悄地去到镇人民会场（兼做影剧院），观看决赛。

轮到他女儿出场了，只见她穿着一袭藕荷色旗袍，袅袅婷婷走着猫步走向舞台中央。女儿水灵灵的，好一个岭南水乡美女子。

这时蛆虫东听见坐在前面的几位妇女议论说："她不就是蛆虫东的女儿念慈吗？模样有点像她死去的娘，但比她娘俊俏多了……"

阿东的头"嗡"地麻了一下，他知道自己干的营生直接损害了女儿的光鲜形象。

这时，只听见主持人问他女儿："我想问一个很私人的问题，你爸爸妈妈是从事什么职业的？"

蛆虫东的头皮又是一麻，在心中责怪这主持人刁难人，问一些与"海选"无关的事。

只见女儿落落大方，对主持人、同时也是对着场内几百号人说："我娘在生下我以后不久就不幸过世了。我是由爹一手拉扯大的。后来，我爹下岗了。为了生活，也为了养育我、供我上学，我爹选择了育蛆的营生。爹在我的心目中，是世上最好的爹……"

场上响起了赞许的掌声。

这时，蛆虫东眼前一片模糊。

是因为眼里储满了感动的泪水。

第三辑　酸甜苦辣在人间

生命的构成

牟剑是个年近七旬的老男人。他国字形的脸上眉目刚毅匀称，略显斑白的粗硬头发向后梳理着，显出几分文化素养，透露几分沧桑。

牟剑是个服过十多年刑的刑满释放人员，属街道居委会管理。他很希望能在晚年为社会做点什么，多次向居委会要求给他机会。

牟剑年轻时是个帅哥。他有着大学本科文凭，头脑活泛，又能够将各方面关系调处好，官运一直亨通，到40多岁时，已官至副厅。他又是"舞林"高手，翻着花样跳舞一晚两晚不成问题。权力加帅哥，很得美人垂青。

儿子都大学毕业了，牟剑却爱上了比儿子还小的一个跳舞皇后小C，在家庭以外另筑爱巢，给小C买高级小轿车，带小C出国旅游……花销很大，牟剑开始利用职权贪污。到后来牟剑竟同时包养两个情妇。贪污、挪用公款近千万元。终于东窗事发，银铛入狱……

根据牟剑本人的要求，居委会决定让他帮教社区里几个辍学离校的闲散青少年。

这天，牟剑将几个年轻人找到一起，想和大家聊聊天。几个年轻人都知道牟剑的过去，都想让他讲讲神秘的监狱生活。

牟剑想了想，说，这样吧，我先提一个问题，如果有人答对了，我就给讲监狱的事。

牟剑问：生命是由什么构成的？

年轻人想了一下，开始抢着回答。

甲说：生命是由人体各部分、各器官构成的。

乙说：生命是由人的行为构成的，比如读书、工作、运动、休息……一切活动都停止了，生命也就完了。

丙说：生命是由一个精子和一个卵子结合构成的，这个过程叫受精。

丁说：生命是相对于死亡而言的，凡是有生命迹象的东西，都叫生命……

牟剑很认真地听着每个年轻人的回答，但他始终没有点头，似乎大家的回答都未能完全令他满意。

大家说完了，静下来望定牟剑，等待他说出最后的答案。

牟剑扫视了大家一眼，说，其实生命是由时间构成的。

大家你望望我、我望望你，眼神中流露出对这个答案不完全信服。

牟剑看出大家疑惑的眼神，说，就从监狱生活说起吧！世界上不知什么时候起开始有了刑法。不同的国家、不同的民族，都有不同的量刑标准。有人犯了罪，如果是死罪，就通过死刑剥夺他（她）的生命。但更多时候罪不至死，那么就只能剥夺他（她）部分生命。怎样剥夺部分生命呢？砍去他（她）一只手或一只脚？不可以。这样太残忍、太不文明。况且，这个人还得生存，总不能让别人服侍他（她）一辈子。于是人们想到了建立监狱。

监狱有高墙、有铁丝网、电网，与世隔绝，服刑人员没有人身自由，通常情况下，不可以见到亲人，包括父母、子女、夫妻相见，不可以像自由人那样，上班、参政议政、逛街、购物、上馆子、看戏、看电影、听音乐、上娱乐场所……让你在没有人身自由的情况下悔过自身。我体会到，是空耗了一段正常人的生命。

牟剑说到这里顿了一下，观察每个年轻人的反应，然后接着说：

按照外国人的说法，一个人的"有效生命"只有40年，即20岁到60岁。理由是：20岁之前是成长和求学阶段，60岁以后，进入晚年养老阶段。当然这不是绝对的，这只是外国人的说法。

比如我，事发时是40多岁，在狱中服刑十几年，等于几乎被剥夺了一半有效生命。本来，我可以趁着年轻为国家、为社会做许多事，可以创造许多业绩，让生命放射出光彩；可以好好享受生活，可是……那是我自己作孽，罪有应得，咎由自取！

这时候，几个年轻人都低着头，沉默了。是啊，时间、时间，他们天天就这样空耗着时间，他们从来没有想过，时间原来就是生命。

深谷幽兰

省女子监狱坐落在万山丛中的苦竹箐，监狱只有一条路通往外界，是监狱专用的水泥路。

楚云是这所监狱的一名女警，今年 27 岁，在这里服务已 4 年了。

楚云出生在一个书香世家，父母都是中学教师。家境虽说不上富有，生活倒是安定。楚云是独生女，父母和爷爷奶奶都视她为掌上明珠。父亲说，咱家从祖上起，不是手艺人就是教书匠，希望楚云能出人头地，光宗耀祖。

父亲说这话不是没有来由的。楚云从小就精乖过人。她不但学习成绩好，而且特机灵。读小学四年级时，有一次女老师在讲坛上晕倒了。全班同学都慌得没主意，有的边摇晃老师边叫喊，希望叫醒她；有的甚至吓哭了。而楚云却快步奔去报告给别的老师，使女教师及时得到救治。

楚云没有辜负长辈的期望，总是满怀信心地迎接生活中的挑战，高中毕业后考上了警察学院。她憧憬着，毕业后，奋战在刑事侦缉第一线，成为震慑犯罪分子的女警官。

让她稍感失望的是，毕业后被分配到这深山沟里，成为一名狱警。工作地点的荒芜闭塞且不说，每天面对的都是各种犯人：贪污犯，吸、贩毒者，性罪错者，暴力犯罪者以及形形色色的犯罪分子。

楚云从小生活在相对优裕的环境，生活道路一帆风顺，虽然有时从书报上读到一些反映社会负面新闻的东西，但却没有接触过囚犯。如今一下子进入这个犯人如此集中的场所，令她一下子有点无所适从。

楚云第一次给监区的犯人训话时，就"体验"到这些人都不是省油的灯。她一边慷慨激昂地讲法律，讲人生的道理，而那些女犯们却用不信任的、甚至不友好的目光在冷冷地盯着她，有个别人还在冷笑，仿佛在说，你还嫩着呢，想教育老娘……

"怪不得要坐监，天生顽劣，朽木不可雕！"楚云在心里骂。

后来，有一件事令她震撼了。

为了鼓励犯人认真改造，早日走上新岸，监狱定下规矩，对表现特别优秀者给予奖励，或减刑期，或特许会见亲属。

有一个名叫淑娴的女犯，是个重刑犯，她犯的是"谋杀亲夫罪"。案情是这样的：淑娴原先是一间中学的实验室管理员，长得文静秀气，性格温柔贤淑，后来与一位开小五金厂的老板陈伦结婚。没想到，陈伦染有赌博恶习，五金厂输光了，他就回家偷淑娴的首饰去赌，后来发展到逼淑娴给他钱去赌。当时，淑娴已怀着 8 个月身孕，陈伦又回来逼她拿钱。她一口回绝说没有！陈伦丧失人性，掐着她的脖子胁迫她。她在拼死挣脱之后，顺手拿起身边的一个玻璃质烟灰缸劈了过去，由于劈中陈伦颈部动脉，致使他失血过多一命呜呼。事后淑娴被判了 10 年有期徒刑，是在生下孩子，度过哺乳期才执行的。

淑娴由于表现好，被奖励同亲属会见。那天，她老父亲带着她 3 岁的儿子来了。在会见室，淑娴一见到白发苍苍、精神呆滞的老父和丧失母爱的儿子，心一酸，哇的一声放声悲哭，随即"扑通"一声跪在了孩子跟前，搂着儿子泣不成声……

事后，楚云找淑娴谈话。楚云明白了，淑娴由于不懂法，不懂得用法律武器维护自己的权益，从受害者变成了害人者，受到了法律的严惩。

楚云想，如果组建一个艺术团，用文艺的手法，将犯人自己的切身经历转换成舞台形象，用以教育和感化大家，效果一定会好。于是她连夜做了方案。

方案很快得到批准，一个名叫"新岸"的艺术团成立了。楚云自己动笔，将淑娴的经历编成了一个多幕话剧。

陈伦一角，由一名男干警扮演，而剧中的淑娴，楚云原先打算让淑娴本人扮演。可是由于淑娴缺乏表演的天分，加上一接触到过去的伤心事，就控制不了感情，因此无法担当这个角色。

楚云试着让别的女犯人饰演淑娴，也都很不理想，到底由谁来饰演淑娴呢？这令楚云很费踌躇。

鲜花盛开的 5 月的一个晚上，庆祝新岸艺术团成立暨第一届新生文化艺术节文艺晚会在监区广场拉开了帷幕。

市、区领导来了，上级司法系统领导来了，兄弟监狱的领导和同行来了，几千人的目光，一起投向舞台。

当晚会司仪报出："请欣赏多幕话剧《角色错位》。本剧由本监狱服刑人员真人真事改编"时，全场响起了热烈的掌声。

大幕徐徐拉开。

第一幕展示的是陈伦与淑娴婚礼的场景。一位新娘子，身披雪白的婚纱，娉娉婷婷地由伴娘陪伴款步登场。这位新娘子，貌如天仙，身材姣好，文气秀雅，回眸一笑百媚开。她演得太好了，简直可以媲美明星。

全场观众的感情都被点燃了，人们小声地互相询问："扮演者是谁？"

有人认出了楚云，小声地说："她是警花楚云呀……"

这时候，在山谷深处，一朵幽兰悄悄地开放了。

二叔来校做报告

西堡小学全体少先队员正在学校礼堂里听英雄民警赵大年的事迹报告。

五（2）中队的赵玉璋，眼睛紧紧盯着讲台，满腔的热血在涌动，因为讲台上的英雄正是他的二叔，他的亲叔叔！

两个多月前的一天，派出所所长赵大年身着便装，利用公休日搭乘公共汽车到大坦尾村，看望他长期帮扶的一位孤寡老人。车到市郊，混在乘客中的两名歹徒突然亮出匕首声称打劫，随即强行搜劫乘客的财物。赵大年见状，立即出示身份证件，喝令歹徒放下凶器。歹徒见只有一个民警，便向他猛扑过去。搏斗中，赵大年腹部被匕首划开了一道口子，鲜血立时涌流出来，一段肠子也掉出来了。歹徒行凶后乘乱逃遁。赵大年一边用手将肠子塞回腹中，一边跳下车追捕歹徒。司机和乘客也纷纷下车协助追捕，终于抓住了歹徒。赵大年因失血过多晕倒在地，被群众送进医院抢救。

赵玉璋很希望老师和同学们知道，赵大年就是他的叔叔，"我叔叔是个勇斗歹徒的英雄"，这是何等的荣耀啊！刚才校长致欢迎辞时，赵玉璋的心咚咚地跳，他多么希望校长会提到，英雄赵大年就是本校五（2）班学生赵玉璋的叔叔！但是没有。

不知二叔是不是不太善于在大场面讲话，这会儿他的讲话是那样的朴实，一点也听不出轰天动地的味道来。尽管这样，他的讲话仍然常常被热烈的掌声所打断。赵玉璋看见，二叔好几次将目光投向自己，他相信二叔已经看见他了。

有关二叔的英勇事迹，在二叔与歹徒搏斗负伤的当晚，赵玉璋就从电视看到了。今天二叔在台上讲了些什么，玉璋似乎没听进多少。直到会场爆发出经久不息的热烈掌声，赵玉璋才知道报告已经结束。

报告结束后，赵玉璋多么希望二叔到教室来找一下自己，唤他一声"玉璋侄儿"，也让他当着全班同学的面叫一声"二叔"。但是他从窗户望出去，只见校长和少先队总辅导员吴老师陪着二叔正向校门口走去……

整个下午，赵玉璋不但高兴不起来，心中反而挺纳闷。他弄不明白，二叔第一次到侄儿所在的学校，为什么不赏侄儿一个面子。

放学后，赵玉璋走到家门口，正想掏钥匙开门，猛听见二叔正在客厅同爸爸说话。赵玉璋心里明白，一定是二叔趁着来西堡做报告的机会，顺道来探望他们。屋里传来爸爸的声音："二弟，你为民除害，好样的。如果父亲泉下有知，他一定感到十分欣慰。"

接着是一阵沉默。显然，提起父亲，哥俩都有点难过。赵玉璋的爷爷离休前是副市长，5年前因病去世了。

只听见二叔说："记得小时候爸爸对我们要求很严格，公家的小车严禁我们乘坐。"

爸爸说："那时候，爸爸不准我们表露领导干部子女的身份。爸爸常说，如果让孩子滋生了虚荣心，自视高人一等，孩子就会和小伙伴们合不到一块，将来就会疏离人民群众。"

听到这里，赵玉璋心里像突地透进了一缕阳光，一个下午以来郁闷在他心中的失落感，全都消失了。

一份特殊的医嘱

打击"两盗两抢"专业队员、年轻的巡警施宇今天又负伤了。

今天下午，他在大中华购物中心附近执勤。突然，他远远看见一辆二人共乘的两轮摩托，坐后座的男子一手将在路边行走的妇女的挂包抢走，随即开车绝尘而去。

被抢妇女大声喊：抢劫呀……

施宇迅疾驾起自己的警用摩托车，"呜呜"鸣响着箭一般弹射而出，去追那两名歹徒。

两辆摩托车一前一后在车流中迂回"漂移"。

冷不防，歹徒的摩托车突然急刹。施宇的飞车撞在歹徒的车上，施宇一下摔出一丈多远。但他立刻翻爬起来，用铁腕死死抱住其中一名歹徒……

施宇的腿开了一个大口子，被送到市第一人民医院缝针。

值班医生叫徐柳，是一位年轻的姑娘。她看见由战友搀扶着一瘸一拐走进来的施宇，感到很面熟。哦，想起来了，三个多月前的一天深夜，他也曾在执勤中负伤，被战友送来……

四目相视，相对无语。

别看施宇在执勤中势如猛虎，可在生活中他却是个腼腆的人。尤其见到年轻漂亮的姑娘，他就会紧张，说起话来就会结结巴巴。难怪古人说过：美人如虎。

徐医生一身雪白的大褂，嘴上还戴个大口罩，只露出一双美丽的大眼睛。她动作利索地替施宇处理伤口，轻轻对他说：我给你上点麻药。

施宇牛气地说：不要！我怕麻药影响大脑神经。痛点我受得了！

徐医生有点不高兴伤者的不听话，但同时她又敬畏起这位性格倔强的年轻人。

人是血肉之躯，有谁不怕疼呢？

施宇痛得大汗淋漓，他轻轻哼起一首歌：

"再见吧妈妈，莫悲伤，别难过，祝福我们一路平安吧！"

这是一首苏联老歌《共青团员之歌》。徐医生感到奇怪，像他这个年龄的人，怎会爱上这首老歌呢？

在后来换药时，她与施宇稍为熟络些了，施宇已没有当初那么拘谨。于是徐医生问他：现在的年轻人，喜欢老歌的不多了，你却为什么？……

施宇感念这位与自己年龄相仿的年轻医生处理伤口时特别细心，因此有些好感。他说，读警校时，有一次学校要开联欢晚会，班上要出一个节目，文娱委员排了这首歌，他参加了小组四重唱，从此就爱上了这支歌。他觉得这首歌挺切合自己的身份。

两个多月后，施宇又一次在执行任务中负伤。

被送到医院时，他竟然提出，要让徐柳医生为他处理伤口。

碰巧那段时间徐医生值夜班，休日班。

当徐医生知道了这件事，立即赶来了。见到施宇，她竟说：怎么这样不小心呀！

这句话要是从别人嘴里说出来，施宇准会跳起来骂娘。小心、小心！处处小心还抓得到犯罪分子吗？

但此刻他却分明感到徐医生带着爱怜的成分。他一声不吭，配合着徐医生的手势。

几天后，伤势有所好转。在换药时，徐医生无意间问：怎么从来不见您女朋友来看您？

施宇表情复杂地摇了摇头。

徐医生不知他闷葫芦里卖的什么药，于是随口问：你到底有没有女朋友？

施宇像和谁赌气："有过，但现在没有！"

原来，当初施宇有个女朋友小莉。小莉很爱施宇，只是不想他当警察。她父亲是某集团公司董事长，说只要他放弃警察的职业，可以安排高职高薪的岗位给他。

为了小莉，施宇也曾心动过。但他更离不开朝夕相处的警队战友，舍不得这份充满挑战性的职业。于是恋爱的事就搁置下来。他心里明白，小莉是在期待他"回心转意"的。

此时说者无意，听者有心。施宇完全不知道，自己这番表白触动了一颗芳心。在雪白的口罩掩盖下，徐医生的脸上泛起了浅浅的红晕。

几个月后，施宇与徐医生又有了无影灯下的相逢。

这一回，徐医生再没有责备他不小心。因为她理解了人民警察这种职业的特殊性。

这一回，施宇伤得比较轻，第三天就可以出院了。

徐医生一直送他到医院大门口。当着开车来接他的战友的面，徐医生递给施宇一只洁白的信封，说，这是医嘱，回去后再看！

回到宿舍，施宇第一件事就是阅读医嘱。只见一张处方笺上，娟秀的笔迹写着：

勇敢、机智，尽量减少流血负伤。

不一定是在负伤的时候才可以见到我的。我的手机号码是……

徐柳　即日

于是几天后，他们有了第一次约会。

婚礼上的祭礼

今天是周滔和坚妮小姐的大喜日子，他们的婚礼在合和大酒店举行。

这地方的时尚风俗是这样的：择好吉日，在酒店摆开喜筵，遍请亲朋好友、同事乡邻……婚礼在宴席开始之前举行，穿着礼服的新郎和穿着婚纱的新娘，在伴郎伴娘的陪伴下，在喜气洋洋的婚礼进行曲乐声中，绕场一周，向大家致意并接受大家的祝福。礼仪小姐不断将吉祥的花瓣洒向新人。

陆叔和陆婶担任这对新人的证婚人。

新人绕场一周后，回到前台，由婚礼司仪主持一系列的仪式。这些司仪都是经过严格训练的，满口吉祥话，妙语连珠发。

婚礼上是严格忌讳任何不吉利的言行的。

可是今晚却有点破例。

当婚礼司仪说，请证婚人向新人祝福时，只见陆叔带点肃穆的神情，站到了台子的中央。

忘了向大家交代陆叔身份。陆叔是周滔因公牺牲的父亲周敦生前亲密战友。

大家看到陆叔脸上肃穆的表情，立即停止了原先的嬉笑与闹嚷，全场静得恍若空无一人。

陆叔端着一杯白酒，脸色泛白，用凝重的语气说：我提议大家起立，先敬周滔父亲、也就是我的战友周敦一杯……

接着，陆叔继续用凝重的语气，向大家讲述了一个不为人知的故事……

27年前，也就是周滔刚出世的那一年，周敦整日都眉开眼笑的。他将儿子又白又胖的照片过了塑，随身带着，一有空就掏出来，对着照片傻笑，边笑边对着儿子说些不着边际的话。

可是有一天，周敦脸上的笑容突然消失了。他将最亲密的战友陆向明（即今天的证婚人陆叔）拉到一边，郑重地交给陆向明一封信。

此刻，陆叔用颤抖的手，从贴身的衣袋里掏出了当年那封信，慢慢地展开……

全场肃静得连绣花针落地的声音都能听见。

陆叔眼里含着泪光，向大家朗读这封信：

我最亲亲的儿子：爸爸妈妈将你带到这个世界上，是爸妈这辈子最大的快乐。心里高兴呀……

爸爸是一名人民警察。警察的天职，就是为维护社会安宁、为百姓平安而操心操劳。爸爸多想在节假日里，和妈妈一起带着你，上公园、玩游戏……可是爸爸肩上的责任重呀！食无定时，行无定踪，每天回到家，你都已酣然入睡。案情就是命令，越是人民群众开心之日，就越是我们丝毫不能松懈之时。因此，爸爸没有时间陪伴你、逗你乐，爸爸是一个不称职的爸爸。

从爸爸穿上警服的那一天开始，爸爸就做好了为人民而牺牲的思想准备。子弹不长眼，罪恶的利刃无情。人民利益高于一切。人民警察，时刻准备以自己的鲜血与生命，换取群众的安全。

倘若有一天爸爸牺牲了，你就成了烈士的儿子。爸爸最担心的是，党和人民对你的特殊照顾，会造成你的优越感，甚至骄奢的性格。因此，我今天郑重地委托你陆向明叔叔，倘若这一切不幸被我言中，由陆叔做主，请政府取消烈士儿子的优待……

儿子呀，爸爸这也是不得已而为，你要理解和原谅爸爸呀……"

陆叔的声音在整个大厅回响着。

停了好一会，陆叔继续说：值得高兴的是，周滔一直都健康地成长着。23岁那年大学毕业，继承父业，成为一名光荣的人民警察，今年还荣立了一次三等功。

大厅里响起了热烈的掌声。

陆叔对着天空说，老战友呀，今天是个大喜日子，却缺少了你的身影。现在由儿子向您告慰吧！

周滔端着一杯酒，牵着新婚妻子的手，说：爸爸，我和您的儿媳妇向您敬酒啦！

周滔妈妈站了起来。她穿得既朴素又端庄，衿前戴着主婚人的衿花。她努力使自己显得喜气些，从儿子手中接过那杯酒，高高举起。

她用微微颤抖的声音说：老周哇，儿子有今天，我们应该高兴呀。来，我们一起将这杯喜酒干了吧！

说完，她流着喜泪，将酒一饮而尽！

黑道·白道

这个地方邻近边陲，河道将大地切割成许多版块，鳌头镇就位于这样一个版块上。

水陆交通的发达，使鳌头成为各种商品集散地。你看，货物刚脱手的商人，在豪华酒家里，叼着支"红塔山"，大把大把地清点钞票。但同时，也有一些流浪乞讨者，沿街托钵。

夏日的太阳当顶，晒得大地泛起青烟。眨眼望去，树木、楼宇都像在扭动。

有一位衣衫褴褛的老者，沿着发烫的街道缓缓而行。他慢慢走进一间快餐店，拿出 6 张皱巴巴的 1 元纸币，对既是老板同时又是掌厨人的汉子说："饭要多点，肉菜少点。"

掌厨人用油腻腻的手接过 6 元钱，丢进盛钱的竹篓里，三下五除二盛了一些饭菜给老者。仿佛老者不是顾客，而是接受他施舍的人。

对此，老者却不在乎。他找了个座位，有滋有味地吃起来。

饭市很旺，陆续有客进店吃饭。所有的座位都几乎坐满了客，唯独老者旁边的位子空着却没人去坐。人们投去鄙夷的目光。

鳌头镇上所有的人，对老者都不会感到陌生。从来没人过问老者从哪里来，到哪里去。

有时，别人丢弃一些纸盒、易拉罐，老者会小心地捡起，拿到废品站换钱。

除了开饭时间，老者就到处闲逛，或坐到脏兮兮的小公园树阴下，眼睛半开半闭的养神。

在人们的眼中，老者只是个没有灵魂的行尸走肉，他也从来不与人搭话。除了还会拿出几块钱买个盒饭"养命"，他什么都不会了。

人们都不回避他。有的人甚至拿他做掩护，就在他旁边进行违禁品交易。

夜间，老者就在小公园、菜市场或歇业后的灯光夜市露宿。那些地方，总有一些"盲流"聚集。那些人都说着"黑话"。"昨天红桃K造了一单大野！""明天在龙须街口接甜豆！""小心青竹标！"……

繁杂的、乱糟糟的鳌头镇，成了吸毒贩毒者的天堂和乐园，经常有大宗的毒品、走私手机……在这里接头交货转运。

近半年来，城里的日报偶尔有关于鳌头镇的新闻。《观音肚里藏大麻，公安慧眼识破》《10吨冰毒半成品，谎称洋酒混过关》……

当公安人员犹如神兵天将，夜半在宾馆破门而入将毒贩制服时，毒贩们蒙了！他们简直不相信如此严密的布控会出纰漏。

"一定出了内鬼！"毒枭头目草木皆兵，在境外接连杀了几个他们认为是卧底的手下。

可是毒品交易依然屡屡被公安破获。

一次，老者被吸贩毒分子烂头炳认出。原来，几年前烂头炳染上吸毒恶习，为筹措毒资而伙同他人盗窃汽车。案发后，就是这位今日的老者去执行抓捕的。烂头炳听说此人叫周警官。

烂头炳悄悄对同伴说："唉，你不知道，周警官当年可是雄姿英发的啊！没想到他也有今日！"

同伴却不像烂头炳那样头脑简单，他想得复杂多了。傍晚，他将尿撒进一盘饭里，递给当年的周警官。没想到，周警官用脏手连抓带扒，呼噜呼噜将饭全部吃掉，最后还将尿喝了，然后顺手将盘子往旁边一扔！

烂头炳他们哈哈笑着，再也没提起过周警官。

但不久以后，周警官就从鳌头镇消失了。他知道，再不走，肯定就没命了。

他悄悄潜回城里的家中。老伴都差一点认不出他了。

几年前，周警官从警官的岗位上退休了。后来，他得知鳌头岛上毒品、走私物品交易猖獗，而破案率又很低，于是决心深入虎穴，从内部将堡垒攻破。

不论老伴怎样苦劝，都没能阻止他。老伴叹了口气，说："当了大半辈子警察，你还没当够呵？"

没有鲜花的孩子

今天是金星小学建校 42 周年校庆。四年级班主任张老师说，校庆这一天，将有历届校友回来向母校祝贺生日。他们将带着各自的成绩，回来向母校汇报。

为了将校园装点得更美丽，张老师提出了一项建议：如果哪一位同学家里种有花卉，在征得家长同意的前提下，届时借到学校来摆放几天。"但是，"张老师郑重地叮嘱，"千万不要为此而花钱买花，这样就违背了我们的初衷了。"

为这事，叶纯可犯难了，因为他们家没有种花。

叶纯妈妈早几年就因病去世了，他爸是从事装修行业的，工作地点很不固定，随着工程队到处游走，近月来工地在东莞，偶尔有时间才回家来看看。可以说，叶纯小小年纪就独立生活了。俗语说，女人就是家庭。一个家没了女人，总有点"家不成家"的感觉。可能正是缺少了那点闲情逸致，叶纯家是没有养花的。

拿什么去祝贺母校生日呢？

叶纯平时省下几百元零用钱。他将钱攥在手里，想到花鸟市场买一盆现成的。但一想起老师说过不叫花钱买，他又将钱小心地放回属于他的带锁的小抽屉里。

花呀，花呀。叶纯天天想着花，连做梦也想到花。

校庆这一天到了，同学们都穿上了洗熨得干干净净的校服。几乎每个同学都或由家长帮着或自己带着一盆盆鲜花来到学校。班干部别出心裁地制作了一批卡片，上面统一印着："祝贺母校生日。"每收到一个同学送来的盆花，就在卡片上写上该同学的名字，然后用竹签将卡片竖立于盆花的泥土上，以示该位同学对母校的一片心意。

叶纯走到学校门口，远远望见班上的同学们像过节一样兴高采烈，在相互品评各人送来的盆花。他是个没有鲜花的孩子，他真不好意思见大家，因此他躲躲闪闪，避过了众人的目光，回到教室里，一个人低头坐着想心事。娘不在了，父亲又很少在家。要是娘还在，光景不会是今天这个样子。想着想着，不觉两行清泪流了下来。

上课预备铃响了，同学们陆续进入教室。奇怪的是，大家都朝着叶纯看。叶纯更不好意思了，头也垂得更低了。

张老师进来了，她迈着轻盈的碎步，踏上了讲坛。她也朝叶纯看。她用甜甜的好听的嗓音说："今天，全班每一个同学都向母校献了一份童心，一份情意。我刚才看了一下，数叶纯同学送来的那一盆红山茶最漂亮！"

顿时，教室里响起了一阵掌声。

叶纯一下子不知这是怎么回事，他怀疑是自己听错了。他想站起来说明，我是一个没有鲜花孩子。但在全班同来投来的祝贺、艳羡的目光下，他站起来只说了一个"我……"字，就说不下去了。

原来，同班的符小敏的祖父符红安是"离退休老同志关心下一代委员会"成员。他从符小敏那里知道了学校校庆借花的事，立即就想到了邻居孩子叶纯。校庆这一天，符红安爷爷一大早便用一辆脚踏三轮车，送来了两盆花。他指着其中那一盆红山茶对班干部说，这是叶纯家送来的；另一盆的送花人是符小敏。

下课了，叶纯偷偷走到摆放盆花的地方，一盆一盆看过去。呀，不错，在一盆大大的盛开着红山茶的盆花上，竹签支起一张卡片，上面工工整整写着自己的名字。

开满枝头的红山茶，在微风吹拂下，仿佛在向他调皮地点头微笑。

他用手使劲拧了一把大腿，疼得咧了咧嘴，确定这不是梦。

他笑了，但同时眼角却溢出了泪水。

摆渡老婆婆的训诫

事情发生在我刚考进石门中学（初中部）开学后的那个星期。办完入学手续、交清一切费用，我衣袋里还剩 5 角钱（那时 5 角钱是一个不小的数目）。

星期六下午，学校放假了。像其他学生那样，我也准备回家了。

从学校回家，需要过一个渡口。搭艇过渡，只需要 2 分钱。但是我找遍了所有可能存放钱的地方，都没能找到钱。更严重的是，为了找回丢失的钱，耽误了不少时间，这时候同学们都已走光了（要不然可以向他们借）。

万般无奈之下，我还是鬼使神差般踱到了渡口。

艇靠岸了。过渡的十个八个人，不紧不慢地站起来上岸。然后这边岸上的人就一个一个摇晃着身子登到艇上。

艇头一侧放着一只原先装罐头食品的铁罐儿，每个登上艇的人，都自觉地弯着腰将一枚硬币轻轻丢进铁罐里，于是便发出轻轻地然而却是清脆的"当"的一声响。有的则放进去一角钱或五分纸币，就自觉地用硬币将纸币压牢，然后拿回应找零的数目。这一切，摆渡老婆婆并不用眼看着，而似乎是用耳监听着。

该上艇的人都上完了，岸上只剩我一个人。我几次下决心混在人群中登上艇去。但是我始终没敢跨越这一步。

我孤零零一个人站在岸边。渡船缓缓向对岸划去。过了好久，又从对岸缓缓划过来。

这次，我不能再犹豫了。等过渡的人全都上渡船后，我硬着头皮问："阿婆，我没钱，可以顺便搭我过海吗？"（当地人将过河叫作过海。）

阿婆瞥了我一眼，说："没钱？没钱搭什么艇？"

"我的钱……丢了。要不，我下到水里，攀着艇边过海吧，好吗？"

"钱丢了？为什么不把自己也丢了？攀着艇边过海？不行！万一淹死了，你父母还来找我麻烦！"

我用小得连自己也听不清的声音嘀咕了一句："不成就算了呗！"我转身就走。

"回来！"我不明白这苍老的老婆婆哪来这么大的力气，竟然叫出这么大的声音，"我还没说不让你过海呢，你使什么性子！"

于是我走回渡口，低着头登上了艇……

此后，几十年时间就这样过去了。每当遇到重要的容易出差错的事情时，我都万分小心慎防出错。这时候，我耳边又会响起那个苍老的、挺严厉的声音：

"钱丢了？为什么不把自己也丢了？"

"电抱鸡"老师

网上出现了一条招聘信息："洛水镇小学特长生班，急聘一名管理学生有方的老师，大专以上（含大专）学历，男女不限。有意者，请到校面议……"

肖玉师专毕业后一直找不到工作。因为现今教育局对小学教师的学历要求是大学本科以上。既然自己的学历符合应聘条件，肖玉决定一试。

接待肖玉的是教务处吴主任。吴主任看了肖玉的求职资料，又用审视的目光看了肖玉一番，说："恐怕你难以胜任此职。"

肖玉感到很奇怪，还未测试过水平，也没试教过，怎么就下此结论呢？

吴主任看出肖玉的疑惑，说："所谓特长生，其实是说得好听，因为以前叫'差生班'，伤害了孩子的自尊心，更难教了……"

原来，在学生当中，有少数人特别难管教，造成这些学生难管教的原因，主要是来自家庭的影响。有的家庭对孩子放任不管，有的家庭过于娇纵，也有的家庭采用暴力方式管束。孩子的"特长"，不是人们通常所说的诸如艺术特长生、作文优秀生、小发明优秀生，而是打架、课堂上专搞小动作捣乱秩序、专给老师难堪、专爱损坏公物……为了不影响正常孩子的学习，学校只好把这20多个孩子单独编成一个班。

肖玉问：过去有老师教这个班吗？

吴主任说，先后已有几位老师应聘试教过，都因管不住孩子们而告退。

肖玉问：那都是一些什么样的老师呢？

吴主任说：第一位是女老师，她擅长讲故事，想用讲故事的形式吸引孩子们，通过寓教于乐的方式慢慢引导孩子，但孩子们根本不听；第二位是一位体格魁伟的男老师，想以威武镇住孩子们，但孩子们不怕；第三位是一位攻读心理学的硕士生，但反倒让孩子们"破译"了他的心理……

说到这里，吴主任看了肖玉一眼。在吴主任眼里，肖玉是一位体质娇弱的20出头的姑娘，既不漂亮，也无特点。吴主任心想肖玉可能会知难而退。

但肖玉说：能给我一个试教的机会吗？

吴主任说：那好吧。

第一天开始上课了。孩子们都用一种不信任的眼光等着看肖老师的笑话。

第一课，肖玉带全班同学去游公园。专给老师难堪的那个男生给她起了个绰号：电抱鸡。

肖玉知道，这地方将通过电热温床孵出的小鸡称为电抱鸡，以区别于母鸡抱窝孵出的小鸡。"电抱鸡"是一个歇后语——意为"长不大"。

那个爱搞恶作剧的孩子还用彩色笔在一张纸上画了一只小母鸡，写上"电抱鸡"三字，乘肖玉不注意，用不干胶贴在肖玉衣服的背部，逗得其他同学哈哈大笑。

其实，顽童所做的这一切，肖玉是心知肚明的，但她装作不知道。待同学们闹够了，她让大家坐下来，对大家说："我是一个'七星儿'，即是说，母亲怀上我7个月就将我生下来了。先天不足加上后天欠补，因此我比同龄人显得瘦小。学生时代，同学们给我起了个外号，叫电抱鸡。如果大家喜欢，以后也可以叫我电抱鸡……我虽然比大家年长，但其实也只是同学们中的一员。"

在肖玉说这番话的时候，同学们惊呆了，连最能闹腾的孩子也停止了闹腾。因为以往新老师来到时，同学们捉弄新老师，给新老师起绰号，老师都非常恼火，严厉批评学生没礼貌，并大谈师道尊严、尊师重教的道理。但越是这样，孩子们越是闹腾得起劲。

大家见这老师没一点架子，与大家平起平坐，感到了几分可亲。那个顽童还悄悄将贴在肖玉背上的纸拿掉了。

经过一段时间的了解，肖玉指出了每位学生身上的优点。学生们感到很吃惊，第一次听别人说自己有长处。

肖老师还在班上举办涂鸦大赛。这些孩子，一点美术基础都没有，用彩色笔在纸上乱涂乱画。肖老师逐张"画稿"进行讲评，并给大家讲现实主义绘画与抽象派绘画的常识，讲了达·芬奇画蛋的故事。

肖老师还带领大家开主题班会，为每个孩子做生日，给每个孩子写个性化的生日贺卡……

期末，肖老师的"工作日志"上记下了这样一些内容：

△ 考试从来都是0分的小A，第一次得了25分；

△ 每天都必打一架以上的小B，已连续半个月没打架了；

△ 老师背转身写黑板时专门掷粉笔的小C，现在顶多是做做鬼脸；

△ 专门撕课本取乐的小E，主动将课本重新糊好。

△ 我的从教感言：没有教不好的学生，只有教得不好的老师。

"灿烂"爸爸

星期六的傍晚，吃过晚饭，淑云带着 8 岁的儿子，步行去榕荫直街那家超市买卷纸、妇女用品等日用商品。那家超市比别的超市便宜 5%。尽管要多走许多路，也省不了多少钱，但家庭收入少，能省一点是一点。

回家路上，淑云和儿子经过一家"洋快餐"店门口，儿子突然指着快餐店门口的一尊雕塑说："爸爸！"

淑云原先没留意这雕塑，经儿子这么一说，她缓下步认真看了一眼，这是个"活雕塑"，即是拿人扮的，这人脸上涂着"仿瓷"的颜色，透着微笑，身上穿着特制的制服，做着一个"里边请"的姿势。如果不认真看，还让人以为是一尊雕塑。

淑云也认出了这是丈夫炳。但她没声张，拖着儿子加快了脚步，对儿子说："傻孩子，那是一尊雕塑，怎会是爸爸呢？"

夜间 10 点多钟，炳回来了，穿着平常上班穿的衣服，脸上也没有化过妆的痕迹。

待孩子睡下了以后，淑云悄声问丈夫："你到洋快餐店门口扮活雕

158

塑吗？"

炳一脸坦然，说："什么活雕塑，我怎么一点都不懂你的话？"

"别装蒜了，"淑云正色道，"儿子一眼就认出来了，我也认出来了。快说实话！"

炳沉默了。

淑云说："事无不可对人言。不管什么事，可不要瞒着我呵！"

炳闷头抽了几口烟，劣质烟味立即弥漫了整个小小的堂屋。他似乎意识到在家里抽烟影响家人健康，又将烟掐灭了。

炳沉默了许久，突然抬起头，说："不错，那活雕塑是我，我是为了多挣点钱。"

淑云说："多挣点钱，却不见你拿回家来，钱都哪里去了？"

原来，由于厂里接到的订单减少，老板尽量不裁员，只是每人每月减少300元的工资。而炳几年前就开始资助山区的一个贫困学生，并答应一直资助到她大学毕业的。那学生初中毕业后，考上了县城的高中，需要全寄读。炳的助学费从原先每月150元增加到了300元。

炳从来没见过这个受助人，只知道她是贫困山区的穷苦孩子。而资助贫困孩子的事，是工会小组发起的，资助对象也是随意分配的。

几个月前，工会搞了一次贫困学生与资助人的"会亲"活动。当那位受助人走到炳跟前，朗声叫"叔叔"时，老实巴交的炳吓了一跳。原先他想象中的贫困学生是个小女孩，但此刻站在他跟前、并天真无邪地牵起他手的女学生，却是个大姑娘。啊，粤北高寒山区的孩子，16岁已长成亭亭玉立的大姑娘。

炳不好意思地缩回了手，将原先准备好的练习簿、圆珠笔等学习用品交给她，又机械地从她手中接过了成绩单。他虽然装作看成绩单，但实际上什么也没看入脑。

炳想到了妻子淑云。如果淑云知道他资助的是个大姑娘，会怎么想呢？这些年，生活的拮据、家务的繁重，已将淑云压得过早地失去红颜。他很怕由于自己的考虑不周，再给淑云心理上蒙上阴影。

见丈夫沉默不语，淑云又温存地说："有什么不能让我知道的事发生吗？"

"没……没有。"炳像个做错了事的孩子。

停顿了一会，他感到与其瞒着妻子，倒不如照直说了，于是他将事情原原本本地讲了出来。

他说，在厂里降了薪后，他希望找份"炒更"的工作，一方面弥补减了的薪金，再者挣够助学的钱，总不能因为金融风暴而让一个本来很有希望的孩子再度失学。满城找了几个晚上，才找到这份"活雕塑"的差事。每晚 2 小时，每小时 10 元，这样每月就可以多挣 600 元。

淑云一边折叠当天洗晒干净的衣服一边听丈夫叙述，之后她很平和地说，你用正当劳动所得资助贫困学生，我没意见。只是你抛头露面做活雕塑的事，如果让儿子知道了，我怕会令他产生自卑心理，尤其怕事情传开后，他在同学面前抬不起头。

炳张了张嘴想解释点什么，但终于还是没有说。

几天之后的一个晚上，儿子睡了以后，炳检查儿子的作业，在语文练习册翻到新近一页。只见儿子写道：

"我的爸爸很灿烂。他扮活（diao su）挣钱资助贫困学生。"

炳在语文课本里翻到儿子最近学过的一课，只见里面有一句："他很平凡，但却有着灿烂的人生。"课文练习题第一道题就是：用"灿烂"一词造句。

原来，那天晚上炳夫妻的对话，让假装睡着的儿子都听到了。

我为你补鼓掌

寒假过后，新的学期开始了。

星期四这天第一节课是语文课，李老师要为初二（3）班同学做寒假作文的讲评。

放假前，李老师给大家布置了一道作文题：《记寒假里的一件事》。今天，李老师给大家朗读了宁芝兰的作文《帮老奶奶找亲人》。

此刻芝兰低着头，但心却在扑扑地跳。随着李老师抑扬顿挫的朗读，芝兰又重温了春节后第三天那件有意义的事。

那一天，爸妈经过商量，让芝兰独自上街完成一件事：用她在春节收到红包的钱，买几本她自己喜爱的书。

芝兰搭公共汽车，来到了全城最大的购书中心附近。她在向购书中心走时，一位走走停停的老奶奶引起她的注意。

老奶奶比芝兰的奶奶还要老，偏胖，身上的衣着挺好的，绝对不像流浪者。老奶奶像有什么心事，走一段又掉头走，累了，就靠在路边歇气。看来是迷路了。

芝兰靠前去，问："奶奶，您要到哪去？"

老奶奶认真看了看芝兰，失望地摇了摇头。

芝兰不灰心，又问："奶奶，我可以帮到您吗？"

老奶奶依然是摇头。

"我送您回家吧，您家在哪里？"老奶奶依旧摇头。

芝兰搀扶着老奶奶，沿着街上走，希望她凭记忆找到回家的路。她们就这样无目的地走呀走，老奶奶已累得不想走了。

中午了，估计老奶奶肚饿了。芝兰领着老奶奶到一家小饭馆，买了一份饭菜给老奶奶吃。看来老奶奶真的饿了，很快就吃完了。

芝兰觉得带着老奶奶到处乱逛不是个办法，倒不如领着她回到购书中心附近，说不定她的亲人会找来。

果然，一直等到下午5点多，老奶奶的儿子和儿媳妇找来了。他们对芝兰千恩万谢，告诉芝兰，老奶奶是一位失忆症患者，家人一不留神，让她独自走失了……

李老师朗读完毕，同学们都鼓起掌来。芝兰不好意思，头垂得更低了。让她感到遗憾的是，唯独同桌的邱谷不给鼓掌。

邱谷平常对芝兰挺客气的，但他为什么不鼓掌？这事给芝兰心里留下了一丝阴影。

隔天，课外活动时间，芝兰小声地问邱谷：我的那篇作文写得不好，请你多提意见。

邱谷讷讷地说：不，写得挺好的。换了是我，我也会像你一样做。

之后又是无言。

芝兰想，我总不能问他：那你为什么不鼓掌？

哦，她明白了，一定是邱谷怀疑这事的真实性。老师说过，一定要写真人真事的。

芝兰真后悔当初没将老奶奶家的地址、电话问个清楚。

162

此后一连许多天，芝兰一放学就到购书中心一带溜达，她希望再见到老奶奶或她的家人。

可是茫茫人海中，她总是失望而回。

7天后的那个黄昏，邱谷在街上叫住了芝兰。邱谷说：你不要找了，其实，从一开始，我就相信你作文写的是真人真事。

芝兰的心事被识破，既羞惭，又委屈，差一点掉下泪来。此刻，她顾不了那么多，说：既然你明白那是真的，大家都给我鼓励，你为什么不鼓掌？

邱谷惭愧地说，是一种妒忌心在作怪。

邱谷看到芝兰都快掉泪了，就说，我现在为你补鼓掌。

在人潮熙来攘往的大街上，邱谷当着芝兰的面，使劲拍起掌来。

掌声被鼎沸的市声人语掩盖了，可是在芝兰听来，却像春雷一样响亮。

因为爱，所以爱

蓝海小学三年级（4）班，语文课上。

刚刚讲过"因为……所以……"的句式，年轻的女教师苏老师要求学生做课堂练习，然后她指定某几个学生将自己所完成的习题朗读出来。

"岳旭。"苏老师点了一个"小不点"男生的名。

这位叫岳旭的男生站起来，傻愣愣地说："因为爱，所以爱。"话刚说完，立即引起一阵嘲讽的笑声。

还没得到老师的允许，岳旭便坐下了。他低着头，等着老师的批评。

老师没有笑。她待大家笑过之后，用赞许的口吻说："岳旭这个句子造得没错。大家现在还小，懂得的事还太少。爱往往是没有理由的。在这个句式里，除了爱字，恐怕再难找到一个合适的单字。岳旭所造的这个句子，表面很可笑，其实却耐人寻味。"

全班同学钦羡的目光，齐刷刷地投向岳旭。

许多年以后，岳旭从师范学院毕业，成为一名优秀的小学教师，而且还是一名崭露头角的业余文学作者。尽管他发表的作品数量还不多，

164

但读者总能感受到他独特的视角和别开生面的艺术个性，他的一篇小小说，还获得了全国年度评奖的三等奖。他永远不会忘记小学三年级时那一堂语文课。成年后的岳旭明白，当年苏老师不可能不知道他是套用了一首歌的歌名，老师那么做，只不过是为了不挫伤一棵嫩苗子而已。

在苏老师从教20周年的日子，当年的一群小学同学相约，去看望老师。这时的苏老师已过不惑之年，但却风采依然，只是增加了几分成熟、几分历练。她用目光爱抚着这些当年的顽童，如今的小伙子和大姑娘，脸上展露出发自内心的欣慰。

同学们七嘴八舌地向老师讲述着难忘的生活经历。过了好大一会，才有岳旭插嘴的机会。岳旭对苏老师说："三年级时的那一节语文课，足以影响我一生。其实，当时我真的不会造这个句子，无奈之下，我只好套用了一首流行歌曲的歌名。没想到却骗过了老师。您的表扬增强了我的自信，使我从此爱上了语文课。"

苏老师微笑着说："其实，那时我也很幼稚，正毫无理由地热恋着一个人，因此我在感情上特别认可那个句子。事后我察觉，一向不喜欢语文课的你变得爱语文课了，这只不过是我一个意外的成功。语文课不同于其他学科。语文习题往往没有标准答案。它和人生道路一样，允许有多种选择。"

一盆热水

爷爷每天从田里收工回来，便走到堂屋里，舒舒坦坦地靠在那张老式竹椅上。这时候，奶奶不管多么忙，都会赶快洗净手，到厨房里舀上半盆热水，用手将水温调试好，端到爷爷跟前，然后又折转身去忙活刚才的事。

爷爷60多岁，一脸威严的皱纹。当奶奶把热水放在三合土地上后，他便弯下身去拧毛巾擦脸。随后奶奶又抽空进来将洗过脸的水端出去倒掉。这时，爷爷满脸的皱纹才舒展开来，焕发出一种栗红色的光彩。然后，他蹲在地上，伸手够过那支大竹水烟筒，卟噜卟噜地吸起来，让小小的堂屋弥漫起一股黄草烟的香辣味儿。

在这日复一日的老"程式"中，我渐渐长大了。我觉得真奇怪，爷爷每天不知要弯多少次腰、干多少件活，为什么回到家里，就不愿意自己动手舀一盆水呢？你看要是碰着奶奶不在屋里，他就洗不成脸。

奶奶也是的，从不叫别人代劳，不管怎么忙，总要亲自去舀水、倒水……仿佛这是她的神圣的天职。

有一次，趁爷爷不在，我悄悄向奶奶打听，为什么要这样？奶奶说："一个人在几十年中养成的习惯，是不能改的。况且他一天到晚累够了，侍候一下也应该。"

这次开展文明礼貌活动，老师教育我们要尊老爱幼。于是每天爷爷一回来，我这个黄毛丫头便代替奶奶给爷爷舀热水、倒洗脸水。爷爷喜滋滋地笑了，笑得那掉光了牙的嘴合也合不拢。

有一天，放学迟了，我一边紧跑一边担心没人给爷爷舀热水。到家一看，爷爷已经洗过脸，吸起水烟来了。我问爷爷，爷爷说是妈妈给舀的热水。

我印象中，爸爸妈妈都冷落爷爷。现在他们尊敬爷爷了，我心里真高兴。

昨天，爷爷一回到家，便自己进厨房舀热水。我慌了，以为谁逗爷爷生气，使他赌气自己动手了。我急忙去问爷爷。爷爷笑嘻嘻地说："现在大家都讲文明礼貌，我过去的老毛病、老章程也该改改了。小的尊敬老的，老的也要爱护小的呀。现在大家都忙，我为什么就不可以自己动动手呢？"

我说："尊老爱幼，首先是尊老嘛。"

一家人都望着我笑了，爷爷那掉光了牙的嘴，笑得合也合不拢。

暮色中的末班车

已经有近 10 年时间了，每逢星期六的晚上，我都要搭乘南海里水至禅城的公交末班车。

我母亲已年逾 90 高龄，眼力尚好，但听力已大部分丧失，与一位全职服侍她的保姆住在祖屋。年纪大了，想的心事也多，不论哪个儿女邀请她去住，她都坚拒了。这样，我每逢周六都回去陪她，上午去，午饭、晚饭和她及保姆一起吃，吃完晚饭，我搭乘 7 点钟的南海公汽 13 路末班车返禅城。时间长了，我对这一趟班车产生了一种特殊的感情。

母亲出生于一个赤贫家庭，我外公是一位屠宰工。我母亲从小没有机会进学堂，以童工的身份进入缫丝厂打工，16 岁就与我父亲结婚。几十年来，除了打工，她当过农民，跟父亲一起做过小生意，后来是跟随女儿抚育孙儿……直到失去劳动力。毕生操持，母亲身体好，少有病痛，但就是牙不好，还不到 60 岁，牙就掉光了。子女每次探望她时，话题总离不开劝她镶一副假牙。但她坚决不镶。后来辗转从别的亲戚那里得知，她是听信了迷信的讲法，说老年人如果牙好，会"吃儿女"（克子女）。

她就这样直到过世，过了 30 多年没牙的日子。

父亲早年已去世。暮年的母亲，像一个赶完了长路的人，歇下来了，每天多数时候闲坐着，回想一生走过的路，扳着手指头计算儿子的归期。她最开心的事，是有人同她一起，回忆过去某段日子，或者是问起她过去某一件事。于是我每次回去，都找这方面的话题，让她找回没有虚度的劳碌岁月。

这 13 路车家乡的终点站在里水洲村，往返都经过我母亲住处的街口。而晚间返禅城的末班车大约在 7 点 50 分。每次，我都提早 15 分钟到达街口那盏街灯下。如果是夏秋季，这个时间天色还早；但若是冬春季，这个时间早已天黑了。这样，来往车辆车头上方的路线数字已看不清。我不敢贸然招手，生怕招错了耽误人家正常行车。但奇怪的是，也许是这一路车的司机都已熟悉，逢周六末班车，这里总有一个夜归人站着等车，因此尽管有时候我没有招手，车依然在我跟前停了下来。

乘坐末班车的人一般不多，车上大部分座位都空着，于是我总是挑一个靠窗的位置坐下来，观看沿途的景物。

搭乘这趟末班车的，少有本地土生土长的人，多数是操外地口音的，而且以年轻人居多。是呀，本地人这个时间应该是坐在家中电视机前选择适合自己的频道，尤其是上了年纪的，这时候就更没必要外出了。车上这些年轻人，固然有不少是为生活而奔波，但也有趁难得的休息日探亲访友的。

有一天晚上，车在里水站停靠时，匆匆过来一位提着行李、风尘仆仆的外乡人，站在车门口问司机：这车去不去顺德？他们不曾知道，这个小镇是不会有通往顺德的公交车的。按常理，司机只需交代一声："不去。"但出乎意料，司机说："我这车不去顺德，但你们可以搭这趟车到盐步口，那里可能会有去顺德的过路车。"这位赶路人虽然"找错了对象"，但却找到了解决问题的途径。

169

南海公汽 13 路车，到达桂城后绕道鞋材城，经文沙桥，进入佛平路站下禅城的客，再又折返桂城的终点站。有时候，到了桂城，就只剩下我一个回禅城的客了。但只要有一个客要去禅城，车就忠实地多兜这一个大圈。

　　将近 10 年了，我已无法记清曾多少次搭这趟末班车。但有一点，这趟车从来不曾有所闪失。有一次，遭遇暴风雨天气，风暴夹着滂沱大雨，横扫着整个珠江三角洲。我寻思，这样的天气少有人出门，车会否停开呢？但是，很准时地，那熟悉的汽车身影，还是忽闪着靠右的指示灯，减速在我身旁停了下来……

　　末班车，依我的理解，是一个吉祥序列。比如人们常说，搭上了调资末班车，分房末班车……还有，因为 1965 年毕业的大学毕业生（后来扩展到 1966 年）是严格按正常教学大纲完成全部课程的，所以又被称为搭上"文革"前高校毕业的"末班车"。我就是搭这趟末班车过来的。

　　我与朋友讲起搭乘末班车的美妙心情，朋友立时指出，这就是因情铸景的最好例子。我想也许是吧，因为这里面，融入了太多乡情和母子之情。

　　末班车，载着多少亲情，多少赶路人的舒心，多少诗情画意，在向晚的暮色中，忽闪着靠右灯，缓缓地向着那条百年老街的街口，向着那相逢却无须相识的搭客，向着那千年不变的梦想，敞开了如同家门一样的车门。

草鞋洲的秘密

我们家乡东北部有一条大河，河上有一个不足 2 平方千米的小岛。因从高处俯瞰形如草鞋，故名草鞋洲村。村里除了 4 户"杂姓"，全村人都姓劳。

就是因为四周环水，村里交通不便，路闭塞而财不通，各方面都比岛外落后一些。许多年轻人都离开小岛出外打工，村里有许多土地闲置无人耕种。

劳相林是一位 30 岁左右的村民。早些年他也外出打过工。电子厂、服装厂、鞋厂、玩具厂他都干过，算是见过世面的。不知什么原因，两年前他拎着简单的行李，回村来了。

上了年纪的人对相林说，都说外面的世界多精彩。我年纪大了，没文化，人家都不雇用，要不我也外出打工呢。你在外头混得好好的，还回这鸟不宿的荒郊野地，有什么打算呢？

相林憨笑了一下，不置可否。只是说，你以为在外头打工好受吗？

相林回来是想种果树（兼种其他庄稼确保生活来源）。连他 70 多岁的老妈也摇头，说，人家见了世面学精乖了，你见了世面反而长个木脑壳，要是种果树能挣钱，还有那么多人离岛去打工吗？

相林自小孝顺，从不顶撞老妈的数落。此刻他也只是搔了搔板刷头，憨厚地笑了一下。

相林用砖石砌了间小房，说是"书房"，在里边安了个洋机器（电脑），一天到晚就坐在洋机器旁摆弄，好像那样一来就会有进项似的，看得老妈直叹气。

相林是全村第一个玩电脑的，村人都不明白电脑里到底有什么秘密。

相林在电脑中发现了"种苗信息"山东有个地方网上销售各种种苗。相林开始时不相信，认为那可能是个骗局：种苗那么脆弱，长途运输还不枯死吗？

但他经过查询，证实了那并非骗局，人家有特殊科技手段保持种苗活性，且用快递邮寄，几千里路一两天就到了。

他于是购买了 10 株水蜜桃种苗。哈，果然第三天早上种苗就运到了，价钱还不贵。

相林当天就将种苗栽上了，并且按照随货物附送的有关水蜜桃栽植、管护知识精心侍候，果苗都栽活了，并且长势良好。

一晃 3 年时间过去了，果树开始挂果，只是数量不多，长势最好的才结了 7 个，最弱的只有 3 个。这些水蜜桃比起本地原先产的桃子，优胜得多，不但个大，且果色鲜艳，就像图画上画的一样。相林舍不得多吃，只选了一只中等大的，一切两半，一半给老妈，一半给自己。一咬：满嘴甜香，甜得就像拌了蜜糖。见老妈也转忧为喜，相林又挑了只最大的，双手奉给妈，妈没接，说，还不赶紧运到街市换钱！

相林小心翼翼，用保鲜网袋逐个将水蜜桃包装好，小心砌在一只箩筐里，离开海岛，搭上公交车一路去到县城。

大街上是不准随意摆卖的，他扛着一筐桃子到处转悠，最后选定了县汽车总站附近一条小街街口，这里不妨碍交通，且左右两边都望得见，一旦有城管来，立刻往小街深处躲还来得及。

刚摆定不久，就有一对青年男女走过来。那男的问，这叫什么，好吃吗？

相林热情地招呼道，包好吃，比蜜甜，纯正山东水蜜桃。这男的连价都不问，就说，给我来上两斤。

称好了，男的问：多少钱？相林赶紧答：16 元，每斤 8 元的。那男的甩下一张 20 元面额纸币，说，不用找啦！说完，拎起那兜水蜜桃，潇洒地勾起女友的手，走了。

相林拿着那张纸币，对着阳光照了照，是真币。他满心欢喜，盘算着倘若一筐桃子都卖完，会收获多少钱。

可是自此之后，少人问津。一位像是买菜归来的姆记走过来说，这桃子倒是长得大，卖多少一斤？

相林赶紧满脸堆笑道：刚刚才卖走两斤，每斤 8 元。

姆记头也不回，说，菜场那边才 4 元一斤。

过了好大一会，又有一对中年夫妻模样的男女走过来。那男的好识货，说，是水蜜桃呢！还未问价，那女的就说，这些"走鬼"的货看似便宜，实则用的是 8 两秤，算了吧！

就这样，从太阳当顶，一直守候到日头西斜，竟没有再成交过一单生意。相林心里像被浇了一瓢冷水，明白到即使果树丰产，也不等于丰收，不禁轻轻叹了一口气。

一筐桃子，只卖了两斤，又原封不动背了回家。母亲一见，眉头立即打了个结，又唠叨开儿子不该回来种地的话。

桃子毕竟是不能久放的。第二天，相林又背着筐上县城，

以每斤 4 元的价格出手，只相当于本地桃子的价，但也不好卖，多数买家只愿还每斤 3 元的价。相林明白，搁久了，卖相变差，将更不好

卖，于是忍痛贱卖了。

回到家，相林又整天对着电脑出神。

后来，相林终于找到了"网上销售"的途径。他在网上发布销售信息，并附有水蜜桃的彩照及产品介绍，打开了产品的销路。

接下来，相林一方面大力扩大水蜜桃种植，同时将精力用在动员同村村民种水蜜桃上，并无偿从自家桃树采种芽帮村民嫁接。

老妈不乐意了，对相林说：人家是越学越精，你是越长越憨。俗话说，物以稀为贵，大家都种了，产品大量上市，不就等于将市价压下来了吗？

相对不恼，他笑和乐呵地说，妈你有所不知，果树是要通过风力或蜂蝶传授花粉的，只我们一家种水蜜桃，而周围都是普通桃树，品质肯定下降，只有水蜜桃连片了，才能保持优良品质。况且通过网上销售，又不是集中在一个小地方卖，中国市场大着呢！

所谓家有梧桐树，引得凤凰来。相林的事迹通过网上传播开去，引来了原先在鞋厂打工时认识的一位外来妹阿珺。阿珺表示愿意上草鞋洲与相林一起种果呢。

你服不服！

　　我开学读书时比同班同学小两岁，因此个头比其他同学小，常常受到其他同学欺负。

　　同我相反，班上有个大个子。据说他娘生他下来时像一只巨蛋，因此尽管后来他爷爷给他起了大号，人们依然称他"阿巨"。欺负我最多的人就是阿巨。

　　好像是从五年级上学期开始吧，我们班的部分调皮男生兴起了打擂台。每次参与的人都有 10 多个，地点就在乡粮仓背面山坡上。由于无人敢"告密"，因此直到我们毕业离校，这个秘密都没被老师发现。

　　阿巨是擂台的台主。先让最不堪一击的人上场，这个人自然就是我。打擂有严格的规矩，不准打头，但可以拳脚并用，踢、打、摔、拉兼施。胜者将败将压于身下，问一句"你服不服？"败者一声"服"，胜者即要松手放人。

　　尽管我是最不堪一击的一个，但阿巨要降服我也得几个回合。当他将我死死压住，喝问"你服不服"时，我就说"服"。待他一松手，我就像脱缰的猴子一蹿老远，大吼一句"不服"！而每次阿巨都逮不着我，因为我已溜得没影了。

阿巨不但体力过人，并且智商超常，许多功课老师还未讲他已知晓。每次测验，他都是第一个交卷离开教室，而且都是满分。

有一次课外作业的一道算术题我不会做，我利用自己当科代表的"职务便利"，收齐作业本后，我飞快地躲到一个无人知晓的地方，翻开阿巨的作业本，三下五除二将他的答案抄下来。在我心目中，最可靠、最不会错的人就是阿巨。结果我和他双双得了满分，其余的人没有一个得 100 分的。

转眼间，我们都长大了，到了高中毕业。参加高考时，阿巨说他全部题都会做，发挥得很好，并且已被一所不错的大学录取。可是由于他年幼丧父，母亲身体又不好，他成了家中唯一的支柱。他毅然放弃上大学的机会，早早出来打工挣钱养家。

我考上了大学，毕业后去了边疆工作，20 年后才调回家乡。在同学聚会时，不见阿巨来，我就向别的同学打听。

据说，阿巨高中毕业后，打了一段散工，后来进了一间锅炉厂，30 多岁才找到"对象"，是一个腿脚有轻度残疾的本地姑娘，后来生了一个女儿，一家人生活得还算和美。可是好景不长，残疾妻子后来患了哮喘病，不能工作，病发时连门都不能出。

阿巨每天早上 5 时多就起床，做好早餐让妻子和女儿起床后有得吃，然后踩部单车到城郊接合部的农贸批发市场买菜，这样可省点钱。回家洗好菜，再送女儿去上学，忙完这一切他才赶去工厂上班。下班后，又忙着接女儿，回家做饭，为妻子做护理……

更大的挫折还在工厂"转制"时，阿巨下岗了。他买了一辆板车，每天停在街口，旁边竖一块纸板，上面写着：防渗补漏，泥水杂活，家居维修，搬运苦力。由于他一无店面，二无营业执照，三无资质证明，因此多数时候无人雇用，只是有时有些零星搬运杂活，挣个二三十块钱，日子非常拮据。

胜就胜在阿巨没向生活低头。他以这样的打拼，供女儿读到中专毕业参加了工作，妻子的病在他悉心调理下，没再恶化，反而有所好转。

阿巨一直没有参加过同学聚会。这事好理解啦。基本生存尚且紧火，哪来这份闲情逸致呢。

夏季的一天，我穿过一个叫"垃圾街"的旧货市场，去颐安敬老院接岳母回家吃饭。半路，我见到一个老头子有点面熟，再多看一眼，认出他就是当年的阿巨。只不过，他整个人"缩水"了，不再"巨型"。他头发变稀疏了，斑白且无光泽，胡子起码三五天没刮，脸上显出了皱纹。他的地摊子不大，上面有旧轴承、过时的拉线开关，说不上用场的金属塑料杂件，甚至有旧小人书、二手玩具。这时，阿巨正弯着腰卖力地怂恿一个男孩子买他的一架小型电子琴，但男孩的爸爸显然是担心旧玩具不卫生而不想买。

我不由自主大声叫了一声"阿巨"！

突然有人叫小名，阿巨猛然直起腰。只一瞬间，他就认出了我，叫道："牛筋！"他的声音依然洪亮，使我一下子想起儿时他钳压着我时问"你服不服！"

我伸出手，想和他握握手，可是他没握手的习惯。

就这空档，男孩被他爸爸牵走了。

我想问他，这些年都好吗？但我却不知为什么突然想起了他那已经走上工作岗位的女儿和病中逐渐好起来的老妻，于是我言出由衷地说："我服了你了！"

"英语妹"

西方某发达国家的《信息时报》上刊载了一条"花边新闻"，说中国乡村农家菜馆，一位年轻女服务生用流利英语与西方游客对话。这条信息还附了一张彩照，照片上的姑娘端庄大方，着装得体，微笑着与西方进餐者对话。

这条信息很快被我国文摘周刊转载，引发许多人关注。许多外国友人在到南方这个乡村旅游时，还专程到这家农家菜馆一睹这位服务生的风采。

这位服务生名叫黄家凤，来自粤北连山县。在她还是很小的时候，父亲就在一次意外中去世了。是她母亲一个人将她和弟弟拉扯大的。她小学毕业后，为了将求学的机会留给弟弟，主动要求外出打工。

粤北好山好水挺养人，才 15 岁的家凤，就出落成一个大姑娘了。她身高 1 米 65，用时下"选美"的专用术语说，"三围"都是一流的。初时，她到省城一家饭店求职，老板一看她身份证，知道她"未成年"，不敢雇用。后来又见她整一个成年大姑娘模样，挺招人喜爱的，于是就"破格"

将她录用了。

真是穷人的孩子早懂事。初入行时，家凤的月薪是 600 元，饭店包吃包住。家凤除了留下几十元，买点书籍和女儿家用品，其余悉数寄回家帮补家用。

家凤想，出来打工，固然是为了挣钱。但是如果仅仅是日复一日地出卖劳动力，又有什么出息呢？尤其是饭店其他姐妹告诉她的，干服务员这一行是吃的青春饭，到 30 多岁时就得"告老还乡"了。

在饮食行业干，特点是起早睡晚。晚上 10 时多"收市"后，回到饭店在顶层加建的铁皮屋，洗得澡来，已是深夜。但是家凤还要坚持自学。

说来真是奇怪，家凤自小对英语特别感兴趣。她读书的小学，从四年级开始开设英语课，到毕业时，她只认识了全部字母和几个常用单词，要继续自学，难度不可谓不大。

每个难得的假期，她都到书店，买自学英语的教科书，买音像制品，自己对照着学。但是对着教学光碟学，总不像直接听老师面授那么准确，因此有些词句的发音她总是把握不准。

有一次，饭店里来了几位外国食客。家凤听得出他们之间是用英语交谈的，很想靠近他们当面请教。可是这几个客人坐的位置不属家凤管的范围，她如果"越位"去同顾客交流，是违规的。于是她只好等到客人"埋单"走出饭店之后，追上去，将自学中解决不了的问题提出请教。

开始，这几个外国人见有一名服务生追出来，以为发生了什么事，或是结账的钱款不合之类。但当他们明白，这是一个普通服务生用英语请教时，都颇感惊讶，很热心地对家凤给予指点，其中一位男客人还掏出笔，在一张纸上写了几行字，交给了家凤。

这件事被饭店老板看见了。老板立即将家凤叫进经理室，询问刚才发生的事。原来饭店规定，服务生不能超越服务范围与客人交谈，更不能接受"小费"或其他赠予。老板认为家凤今天的行为已经违规，为

"以儆效尤"，将家凤开除了。

家凤受到这个意外的打击，心里曾经消沉过。后来，她通过原先同饭店一位姐妹的指引，到了姐妹家乡梦里水乡那家农家菜馆当服务生。姐妹告诉家凤，她家乡是著名的"岭南古村落"，经常有外国友人来参观、进餐，老板常常为无法与外国人沟通犯难。

在这里，家凤如鱼得水。老板鼓励她大胆与外国人沟通，给客人介绍饭店的"特色招牌菜"，满足外国人想了解岭南古村落的要求。

学过外语的人都知道，要进步，离不开经常进行口语对话。家凤在这里正好得到了这样的机会，英语会话能力大进。同饭庄的服务生都称她"英语妹"。

有一次，一位意大利客人问家凤："您是饭庄雇用的英语翻译吗？"

家凤落落大方地用英语回答："不，我只不过是一名普通的服务生。"

客人立即竖起大拇指，说："了不起，中国姑娘！好一个普通服务生，用流利的英语与客人对话。"并立即拿出相机为家凤拍照。

于是不久以后，在该国的《信息时报》上，便出现了本文开头的那条"花边新闻"。

半个盒饭

古城的旧城区依然保存着上世纪初窄窄的街巷，和那些染满岁月风尘的低矮的屋舍。先富起来的人已搬到新区，而将旧屋出租，因此这里成了外来人和本地穷人的聚居区。

在旧区的一隅，有一条"食街"，鳞次栉比开了许多小食店、快餐馆，每天早、午、晚，都有许多生活在社会底层的人来这里解决"肚子问题"。

和别的地方一样，这里也有乞丐出现，这不足为奇。但有一对"乞丐组合"，却很引人注目：一个古稀之年的老乞丐，用一架破旧的板车推着一名未成年的小乞丐，沿街行乞。那老乞丐衣衫破蔽，花白的胡子很久没剃了，但看那脸上有点红润且皱纹不多，估计"落难"前过过几天优裕的日子，尤其是一双眼睛，虽不大但有神，看人时仿佛要将人看透。那少年乞丐估计肢体还有残疾，因此才需要别人用车推着走。少年乞丐从来不说话，都是由推车的老乞丐开口行乞。他说："可怜可怜我们，施舍点吃的。将来我们会报答你的。"

人们都听惯了他的这句话，都不愿意搭理他。

偶然有人不屑地问："你拿什么报答我？"

老者用下巴指了指破车上的少年："他是个贵人。"

听了这句话，几乎所有的人都笑了。

有人说：看他挺会演戏的。

有人说：连撒谎都不会，就学着骗人。

没有人愿意施舍这一对苦命的人。

却有一个中年男人静静地看着这一切，既没笑也没参加议论。他身上的衣服染着泥巴和机油，估计是个干苦力活的人。他默默地向店家讨了一只空饭盒，从自己饭盒中扒出一半饭菜，然后双手送给这一对苦命人。

老者千恩万谢，将盒饭放好，推着破车走了。

几天之后，这一对"行乞二人组"又出现了，又重复着往日的情节。店家讨厌了，挥着手说："别妨碍我做生意。"

依然是上次那位中年人，很和气地制止了店家，又讨了只空饭盒，从自己的饭盒中扒出一半饭菜送给这一对苦命人。

往后，只要是碰上了，这位中年男人都会讨一只空饭盒，扒出一半饭菜送给这对苦命人。

再往后，这一对苦命人就再也没有出现了，人们几乎已经将他们淡忘。

又过了些日子，突然有一位自称是律师的人来到食街，寻找那位曾施惠于"行乞二人组"的中年人。

这事在食街里引起了许多猜测，比较一致的猜测是，这中年男人行善带出麻烦来了。如今律师找上门来了。

律师经过一番打听，终于找到了中年男人。这中年男人名叫黎汉。他对于律师的来访既感到突兀，又很坦然。因为他清楚自己没做亏心事。

律师和黎汉一起，找了间环境清幽的小茶馆。律师对黎汉讲了个离奇的故事。

　　原来，当日那少年乞丐的父亲是位颇为成功的民营企业主，拥有资产几千万和几处房产，可是在一次飞机失事中，夫妻双双不幸遇难。他们的儿子从小与爷爷相依为命。

　　几个月前，爷爷被确诊患有晚期肺癌，自知时日无多。他希望找到一位有爱心、靠得住的人，辅佐孙子掌管家业，并且携带好孙子，供书教学，直至将来为他组织家庭……

　　老人的亲戚和熟人，都主动提出愿意担此重任。但爷爷说，因为这些人都知道他们家的物业资财，到底是否冲着这点而来？很难令他放心，因此才想出这个办法：偷偷地到一个远离原居住城市的偏远小镇，乔装成老乞丐和小乞丐，这样去物色有爱心、靠得住的人。

　　"一个只吃得起一份廉价盒饭，而又愿意省下一半去帮助老乞丐的人，他就是我需要寻找的人。"爷爷在生命最后的日子，请了律师和法律公证处的人来到床前，郑重地立下了遗嘱。

　　黎汉听完了律师的叙述，神色变得凝重起来。他说他只是一个地盘工，过惯了一人吃饱全家不饿、逍遥自在闲云野鹤的生活。他说他没有能力管理好这么多的资产物业，也没有把握辅佐好老人的孙子。他说他当初分一半饭菜给老人和少年，纯属每一个人都应有的爱心和怜悯之心，不足挂齿。

　　黎汉竟拒绝了老人生前的重托，和律师道过珍重，走出小茶馆，飘然而去。

　　（后记：作为律师，他还得千方百计完成这个"特殊使命"。）

最是寂寞男人心

　　省林业系统英模表彰会期间，省厅宣传处领导安排我去采访一位叫禹常的模范护林员。

　　我在会议间隙找到了老禹。他是一位 40 开外的汉子，身个偏瘦小，脸上染着山野的风霜，头发旺得像一蓬山草，肯定不是正规理发师给剪的发，给我的第一印象，他是一位极少进城的山野汉子。

　　据老禹介绍，他一个人守护着几十平方千米的林区，长年食宿都在山上，连续 20 年没有发生过山火和毁林事件。

　　像老禹这样的人，以往我接触过一些，他们工作的特点，是远离人群聚居之地，孤独，多见树木少见人。这样的环境往往让人养成木讷、寡言少语的性格。老禹也一样，20 年风霜雨雪的砥砺，无数次将山火扑灭在萌芽状态，与破坏山林者的殊死搏斗……他几句话就讲完了。

　　没办法，他有些生活细节我只好通过想象去完成，或将别的护林员的事迹移花接木到他身上。比如我知道别的护林员都是无法收看电视，仅凭一部小收音机保持对外界的认知；夜间也得守在高高的瞭望台上；

逢到雨天才能下山挑粮食副食……

采访很快就结束了。在他站起身准备离开的瞬间，我突然想了解一下他的家庭生活。

我问他："孩子多大啦，是男孩还是女孩？"

他好像没料到我会提出这样的问题，迟疑了一下，脸上出现了笑意，说："噢，是个赔本货，长得像她娘，读初二哩！"看得出，他极疼爱这孩子。

我又问："孩子他妈在老家务农？或是干什么别的工作？常来探望你妈？"

他脸上的笑意更浓了，说："在老家侍弄庄稼。农闲时节就上山来住些日子。"

"有家人的照片吗？"我希望对他家属的印象更直观一些。

他粗糙的大手在衣服的几个口袋摸索了一下，歉意地说，这次进城走得仓促，忘带啦。他补充："孩子他妈长得可好，是四乡八里有名的一枝花。"

我想象着他夫妻甜蜜的小日子，说了一句文绉绉的话："这叫福有攸归啦！"

……

几天后，我的采访稿交了上去，但很快被退了回来。宣传处领导说，稿子写得干巴巴的，缺乏现场感。你尽快安排时间到老禹那里，住个一两天，亲身感受一下他的工作和生活，回来再动笔修改稿子。

当天下午我就搭公交车出发了。我先到镇林业站，会同站里一名打杂的小青年小石带着上山。

一路上，我和小石谈起了老禹的情况。令我感到万分惊讶的是，原来老禹从来就没有结过婚。小石说，老禹的亲属给他介绍过几个对象，站里也从中牵过线，可都没有成功。原因是老禹的工作性质，长年顾不了家，加上收入又不高。条件很一般的女人都不愿意嫁这样的人。

走了约摸 3 个钟头的山路，我们到达了老禹平时居住的护林员窝棚。门是虚扣着。小石建议进去看看，喝口水。

窝棚里潮气很重，有一股淡淡的霉味，表明不常有人居住。事实上，老禹多数时候都蹲守在瞭望台上。

更令我吃惊的是，窝棚的几面板壁上，乃至蚊帐里，都张贴着许多美女图画，有些是过时年历上的美女画，有些是杂志的封面照片，还有一些古代仕女图之类的。

一时间，我感到了老禹这个人物更有个性、更动人、更有人情味。他为了工作，40 多岁了，却找不到"另一半"，但也许因此更煽起他对异性的倾慕，对美的向往。

至于她说的妻子和女儿，我不认为他那是说谎。我相信，在他坦荡荡的心目中，这样甜蜜美好的图景，已不知构想过多少遍了。

鹧鸣的回声

他叫石诚，36 岁，是青樟市樟南区人民法院民事审判庭庭长。经他审结的民事案件数以千计，著有《民事审理百例》等专著，是法院系统一位年轻有为的人物。

然而，至今他仍是一位光棍汉。

蓦然回首，他往往感到自己的爱情生活一片空白。是对事业过于执着地追求？是人生路上知音难觅？还是……这一切，他没多想，也不愿多想。他总是默默地等待生活的恩赐。

有人说过，特别热爱生活的人，生活中往往没有特别的嗜好。石诚就是属于这一类型的人。如果说收听电台专题节目也算是一种嗜好，那么他的嗜好仅在于此。

那是一年前的中秋月明之夜，他和朋友们赏月后回到清冷的套间，一种孤寂感悄悄袭上心头。他打开收录机，希望有点抒情乐曲帮助排遣一下心中的落寞感。

从收录机里轻轻流泻出来的，是一位女播音员陌生的然而令人感到十分亲切的声音。她正在和一位因父母感情破裂而得不到家庭温暖的女中学生倾心交谈。石诚听了一会，感到这一类话题与自己关系不大，然而播音员委婉动听的心音却深深吸引住他。

他翻开广播电视节目报查找良久，才搞清这是鹂鸣小姐主持的《寂夜心曲》专题节目。在这个时间段里，由鹂鸣小姐与一位位来信诉衷情的听众倾心交谈。

从此，石诚喜欢上了这个节目。不论工作多忙，也不论出差到什么地方，每晚他都守候着子夜到来，以便聆听鹂鸣小姐的心曲。有时，他因工作连续熬夜，而完成任务后早早入睡，也得让闹钟准时将自己在这个时间唤醒。

他敬重鹂鸣小姐知识的渊博，举例的精当，谈话的丝丝入扣。她常常将自己摆到当事人的位置，然后就是心声的流露。她用爱心去解人心结，给失意者以直面人生的勇气，伴踽踽独行者同步，使徘徊于十字街头的人心中有了主意……

子夜，正是好眠时，收听《寂夜心曲》的人只是很少很少，然而那都是一些特殊的人啊！

由清纯委婉的嗓音，石诚一次又一次地在心中勾勒鹂鸣小姐的形象。他坚信，只有冰清玉洁的丽人，才有可能发出如此婉约动人的声音。

一天晚上，他突然产生了一见鹂鸣小姐的渴望和冲动。

当《寂夜心曲》节目刚结束，他骑着摩托车飞一般冲到电台，向值班员说明了身份，要求一见节目主持人。

鹂鸣小姐赶到值班室。石诚一见，一个在脑海中长期勾勒出来的理想化的偶像顷刻幻灭。原来，鹂鸣小姐是一位受到过毁容的30多岁的大龄姑娘……

过了许久，《青樟市广播电视报》上一篇题为《她嫁给了广播事业》的文章吸引了石诚，文章一角配有一幅光彩照人的年轻姑娘的照片。石诚感到影中人十分面熟。哦，想起来了，是他在心中日夜描摹的鹂鸣小姐的风采。

这是梦吗？

不是的。

7 年前，鹂鸣姑娘刚从广播学院毕业，分配到市电台来当记者。一天，电台接到一位名叫巧萍的姑娘的来信。信中说，数月前，在父母牵扯下，她与一名男子相识，经过一段时间的交往，她感到这个男子人格卑劣，心胸狭隘，相互之间培养不起感情，于是提出分手。但男的却用尽种种手段进行逼婚。巧萍姑娘希望电台为她这个弱女做主。

电台领导派鹂鸣去调查这件事，帮助调解纠纷。鹂鸣赶到时，只见那男的手持一杯稀硝酸，对巧萍威胁说："如果不答应我立即成婚，我要让你永远嫁不出去！"

鹂鸣急得没法，好言相劝那男的放下硝酸，有话慢说。但那男的哪里肯听？他再次强词夺理："再不答应，有你好看！"

巧萍姑娘说："越是逼我，越不答应！"

那只罪恶的手，将一杯硝酸泼出去了。

千钧一发之际，鹂鸣姑娘扑了上去，目的是想推开巧萍姑娘。结果，一部分硝酸溶液溅到了鹂鸣那如花似玉的脸蛋上……

从此，鹂鸣姑娘原先的男朋友离她而去。

从此，她不再考虑婚嫁之事，将爱，无私地奉献给每个寂夜难眠的听众。

读罢这篇文章，一张原先风化成了碎片的幻想中的美神偶像，在石诚的脑海中倏忽复原，那便是登在《青樟市广播电视报》上的鹂鸣姑娘 7 年前的玉照！

石诚捧着报纸的手不由地微微颤抖起来。

当夜，时钟敲过 12 点。他将收录机的音量调得很小，一股空谷鹂鸣般悦耳和谐的女声，轻轻地、轻轻地回响在这温馨的卧室。

这一回，石诚没有听清鹂鸣小姐倾诉了些什么，他用颤抖的手抽出纸笔，伏案疾书起来：

　　……多年来，我一直无法给"美"下一个确切的定义。如今，我从一个高洁的灵魂得到了答案。你曾经拥有过美丽，并将永远拥有这份美丽。让《寂夜心曲》永远陪伴我吧。今夜，我写下这人生第一份情书……

"养生专家"

　　这是福荫小区旁的一个绿化小公园。每天上午 8 时左右，都有 20 来个大妈在这里跳广场舞，很久以来都是这样。

　　大妈们没留意到，几天来在一旁的石凳上，坐着一位穿得颇为花哨的中年妇女。

　　大妈们跳累了，领舞的就叫大家休息，竭口气。时间还早，大家都不忙去菜场，都驻留在绿阴下家短里长闲扯。花哨女人和甘姨聊上了。

　　花哨女人自我介绍说，她叫花姨，62 岁了，从北方来。因为女儿女婿都在这座城市打拼，她就南下来跟女儿生活，就住旁边的福康小区。

　　听了花姨的话，甘姨的嘴张得老大，是因为惊讶，因为眼前这女人，横看竖看都不像 62 岁的人，倒像 40 挂零儿的人呵！

　　花姨受到夸赞，微笑着，掏出一张身份证给甘姨看，那上面记载的出生年月却又明明证实她真的 62 岁。甘姨说，你是用了什么宝典，将自己保养得这么嫩呵？

　　花姨说，你想学吗？一点都不难。

甘姨说，想，一万个想。

这时，其他大妈上菜场的上菜场、回家的回家了。花姨和甘姨就好像旧友重逢般越谈越投机。花姨说，我最反对上了年纪的人蹦蹦跳跳的。

甘姨可不同意这个看法，说运动有益，生命在于运动。

花姨仿佛料到对方肯定会驳斥自己的观点，一点不恼，心平气和地说：《养生经》上说，上了年纪宜静养不宜多动。乌龟为什么能活上千年？就是因为乌龟整天不动。

甘姨噤了声，找不到理由反驳对方，只得听对方继续说，人们为什么舍弃城市生活跑到长寿村？无他，因为那里的水和空气都不受污染。现今的人病痛特多，原因很简单，天天呼吸废气，天天饮用含有杂质的自来水。

甘姨似也认同，但她说，不是每个人都有条件舍弃一个家跑长寿村去的。

花姨说，我也没说要你去长寿村，绝大多数人也不会放弃原来的生活投奔长寿村。再说了，倘若大家都奔长寿村去，长寿村也就不再是长寿村了。

甘姨不住地点头，说，那可怎么办呢？

花姨说，这事简单，从改善饮用水和家室空气质量开始，她说，我家就是现成的样板，要不到我家看看？

甘姨就跟着去了。路上，花姨说，古语有云，胆小不得将军做，怕死不得见阎王。怕死，就是爱惜生命。

进了花姨家，第一感觉是陈设很简朴。花姨先带甘姨看三台设备，一台是净水机，另一台是频谱仪水质处理机，还有一台是空气净化器。花姨说，现今的江河都污染了，自来水厂从河里取水后，虽经过一系列程序处理，但总不会彻底的，这就需要我们自己再净化；另外，水里的有害微生物，靠净化机还是不能完全清除，而频谱仪就有杀灭它们的功能；空气净化器就不用我多说了。

听到这里，甘姨如醍醐灌顶，好像一下子明白了花姨为什么显"年轻态"，于是她试着问：这一套机子得花多少钱？

花姨说，这些设备有贵有贱，但大家通常买的都是假货居多。倘若是假货，不但无益，反而有害，因为杂质毒素积聚在机子里，再又繁衍，害处更大。我的这套设备，是我女婿朋友的厂生产的，如果我女婿去要货，可得到出厂价优惠，"三件头"也才9880元。

甘姨盘算了一下，感到不贵。这时花姨又说，许多人平日捂着荷包舍不得花钱，结果将省下来的钱都送给医院了。那真是蠢到头了。

就这样，花姨"毫不利己，专门利人"，义气地帮了甘姨的忙，很快就买到"三件头"保健必备产品。

从此，甘姨与花姨像姐妹一样要好。许多原先一起跳广场舞的大妈，听了甘姨的现身说法，都托甘姨的情，请花姨一套一套的买回来。跳广场舞的大妈，一下子减少了许多。

从此，甘姨家所有的饮用水，都必先经过两重处理手续，再用来烧茶煮饭炒菜，感觉安心多了。

不过，身上总有一些老年人常见病，这些病，不是非看医生不可。花姨说，人为什么会衰老？是因为慢性病，只有消除了慢性病，才能葆有青春。

怎样才能消除慢性病呢？花姨说，从日常饮食开始。她介绍了自己长期使用的"破壁机"。她说，许多食物穿肠过，其实人体并没有吸收多少营养，相反加重了胃肠的负担。但若经过破壁处理就不一样了，易消化、吸收快，且有效成分大大增加。

于是甘姨又花了1.2万，买了一台"破壁机"。其他大妈也有样学样，一台一台往家搬。

有一天，花姨又神秘兮兮向甘姨推荐一种"灵芝酒"。她说，其实她显年轻的秘密，主要在这种酒里。灵芝酒里还加了 24 种名贵中药，它有活血化瘀，清除血管壁脂肪，养颜祛斑的作用。花姨还说，这是宴会特供酒，没门路的人还买不到呢！

甘姨想，同花姨交往这么久，她才肯吐露年轻 20 岁的秘密，可见是日久吐真言。从此，自然也就请花姨帮忙买，每日两口地饮了。

对这一切，甘姨的儿子和儿媳看在眼里，都感到甘姨整个人生活态度变了。儿媳自是不敢多言，儿子呢，一贯的准则就是：尊重老人的意愿才是最大的孝，从不干预她的选择。反正母亲所花的钱，都是她自己历年来积攒起来的退休金呀！

但是眼见母亲的身体健康状况日见走低，尤其比起以前天天跳广场舞时，更是判若两人。这一点，甘姨自己也是有感觉的。

有一天，甘姨又见到花姨，忍不住将自己的心事说了出来。花姨端详了甘姨良久，像第一次认识似的，然后说，我得恭喜您。

甘姨大感不解，问：哪有值得恭喜的？

花姨说，您体内本来就潜在多种慢性病，要是这一年多来您不是按我说的去做，早就躺到医院里了，你现在行得走得吃得，说明了我推荐的养生方法是行之有效的，只要坚持下去，好景必在后头呢！

儿子儿媳眼看母亲身体日见委顿，决心带她出一趟远门去旅游，一则让她暂时换换生活环境，再则考虑到倘若年纪再大些，想去也难了。

但母亲却执意不肯去，原因是每天无法解决饮用水处理和食物破壁的问题。商量的结果，采用塑料桶带备足够的饮用水，同时带上食物破壁机。

但是天有不测风云，预定归期时，突发恶劣天气，航班取消了，什么时候能恢复，得等天气预报。

问题来了，事先备用的饮用水已用完，甘姨宁愿口渴，也不肯饮未经"科学处理"的普通水，不论儿子、儿媳怎么劝都不管用。

终于，在航班恢复之时，甘姨却突发心脑血管方面的病变，被急送进了当地医院。经过抢救，命是保住了，但却导致半身不遂。医生问明了情况，解释说，由于病人长时间不运动，又拒绝饮水，加上她本来就患有高血压、高血脂、高胆固醇的基础病，当血液黏稠度进一步加剧，便形成血块堵塞血管。

回到家后，甘姨首先想到花姨，甘姨认为在调理身体方面，花姨最有办法，于是让儿子、儿媳按住址去请花姨。怎知花姨已人去楼空。向邻居一打听，得到的答复是：此人并非业主，也并无女儿女婿居于此，只是一名临时租客。

对甘姨家来说，此事虽存疑，但也只好不了了之。

几个月后，从媒体报道得知，这个自称"花姨"的人，真名顾某冰，因涉嫌销售三无产品及虚假宣传，被消费者投诉，工商、公安介入调查，将其刑事拘留。

原来，此人所捏造的一切都是假的，包括年龄。她对人谎称自己62岁，而出示的身份证只是一个假证。她的真实年龄其实只有45岁！在短短一年多时间里，她已非法获利将近200万元！

健忘

老刘今年 68 岁。这个年纪说大不大，说小也不小了。今年单位组织"老干"做例行体检，他除了血脂偏高、血压不稳定之外，心肝脾肺肾都无大碍，平常走路做事也都还手勤脚快，唯独健忘得厉害。不过这不属公医范畴，医生也没写在检查结果上。

老刘的健忘是从前几年开始的。不论什么事情，掉个头他就忘记。为此，他必须借助别的手段"备忘"。最简单的办法是写张条子贴在当眼处。比如："下星期一记得帮孙子交学费。""11 月底前订明年报刊。""每天早午晚按时服药。""到银行续存水电费。"……他的家到处贴满了诸如此类的纸条。由于纸条贴得多了，也就不大起作用，常常误了大事，遭到老伴唠叨和抱怨。

老刘的老伴与他同龄，但与老刘相比就显得苍老多了。她几年前开始患上脑血栓，行动不便。儿女早已婚嫁另外过生活，就剩俩老相依相伴。家中许多事也就靠老刘这个"主力"了。

儿女工作忙，不常回来，只是偶尔打个电话回来问问俩老可好？每

196

次打通电话，老妈总是不停地数落老伴的健忘："你爸那记性越来越差。今天上午去菜市场买菜，付了钱却忘了拿肉回来。我逼着他回去追讨，他还是空手回来，因为他忘了原先是在哪一档买的肉。唉，我怕他过一久连自家的门都会忘记，自己姓什么都会忘记……"

"妈，说点别的不行吗？"女儿总爱打断妈的话，"他也不想自己成这个样子的呀……"可是妈还是要唠叨："昨天他原单位组织老干出外旅游，说好上午 8：30 集中的，他也写了纸条贴在门上，可是到头来还是忘了……"

女儿不耐烦了，说："妈您二老没事就好，我还有事要做，先就这样啦……"说着搁上电话。

也是昨天，老伴说想喝口粥，让老刘到厨房去熬。熬粥挺费时间，老刘没耐性站在炉前等。他坐回到老靠椅里，看起报纸来。他怕自己忘了炉火误了大事，于是在报头上写上"别忘了粥！"这还不放心，又用一根绳子拴住脚脖，再拴在老靠椅腿上，心想只要一动弹，绳子就会牵疼脚脖，就会想起熬粥的事。可是写了字的报纸看完就换成别张了；他腿一动，牵疼了脚脖子。他忘了这是自己拴的，心里在抱怨老伴的所为太荒唐。"怕我跑了么！无聊！"

直到老伴在房间里大喊："老刘头，你快看看厨房里什么东西烧煳了？"老刘跑进厨房，才发现粥已烧成炭糊，锅已烧红……

有一件事，成了老伴无法破解的谜：每年逢到农历正月十五这一天，一大早，老刘头就会对她说："今天我有点事，要出去一天，饭菜都已备妥，到时你热一热……"说完早早就出了门。

大儿子还比较有孝心，也比较听差遣。老妈子让大儿子去跟踪、监视老爸，到底有什么天大的事瞒着她。

大儿子一路跟踪，只见老爸走进一家鲜花店，买了一大捧鲜花，然后朝郊外走去。走了老半天，走到一座孤坟前，跪下，摆上鲜花，口中不停地诉说。

约一个钟头后，老爸累了，在坟边坐了下来，打开随身带备的干粮和矿泉水，慢慢地吃起来。

远远地，儿子望见老爸在垂泪，太阳照在老爸脸上，两行泪闪闪有光……

经不住老伴的逼问，老刘头终于说出了坟里的秘密。那里埋着他的初恋情人，一位19岁的少女。那是40多年前的事了。因为那女孩地主出身，而老刘是机关干部，单位认为绝不允许"一张被子盖着两个阶级"，不批准他们的婚姻。女孩委屈极了，也绝望了，一时想不通，服下了过量的安眠药……那一天，是农历正月十五，一个既没有闹花灯、连汤圆都没得吃的元宵节。

列车上的除夕夜

　　刚实行国家公职人员探亲制度那一年年底，我从边疆赶回家过年。

　　由于年底工作堆在一起，一直拖到很迟才离开我工作的那个城市大理，赶到省城昆明，连夜排队购火车票，只购到大年除夕夜开出的加班车票。

　　这列加班车全是硬座，没有卧铺。我坐的那节车厢旅客很稀少，坐了还不到半数的座位。

　　吃过晚饭，我看了一阵当天的报纸。因旅途上心神不宁，看了也不知所云，干脆不再看。我找了处没有人坐的长靠椅，用大衣往身上一裹，躺下来准备歇息一下旅途的劳顿。

　　列车在多山的云贵高原上迎着凛冽的朔风飞驰，车轮发出单调而有节奏的碰击声。偶然泊站，总有零星的旅客上落。尽管谁都没有和谁打招呼，但我感到，我和这些默默赶路的人都有着相同的际遇——在这千家万户团聚的夜晚，也得风尘仆仆地在千里铁路线上奔驰。

　　我很希望能美美地睡上一觉，但是怎么也睡不着，想起自己工作上

199

的失误和教训，想到事业上的了无成就……也想到故园里多年不见的年迈的双亲，如今不知怎么样了？平常睡眠极好的我，竟一点睡意也没有。

大约晚上 8 点钟光景，车厢那一头突然响起了清亮的女嗓音。她说："旅客们，今晚是除夕夜。我们为了共同的理想，走到一起来了。按照我国的传统风俗，除夕夜是亲人团聚的时光。大家因为种种原因，赶不上同亲人团聚，我代表临时包乘组对大家表示亲切的慰问。"

这时我听到了稀稀落落的鼓掌声。我赶紧坐了起来，别的许多像我一样原先躺着的人也坐了起来。

通过那位年轻的女列车员的介绍，我才知道，为了尽最大努力疏散滞留的旅客，使旅客早日同亲人团聚，车站临时决定增开这趟加班车，车上的工作人员都是临时抽调的。我突然悟到，为了别人的团聚，还有许多像她一样的人牺牲了自己的团聚呢！

这时，她又说："建议大家聚拢到一起来，我们一起开一个除夕联欢会好吗？"

她的建议得到大家的响应。不知是谁带头说："请这位列车员同志先带个头，给大家唱支歌好吗？"立即激起了一阵热烈的掌声。

她真的唱了，唱的是她家乡的黔南民歌，内容大致是说：除夕有一个人，孤零零地走在荒漠上，他踏着雪赶回家与亲人团聚，荒野里阒无人迹，只有一轮冷月相伴……

我是个最不善于表演节目的人，但此刻也情不自禁地朗诵了闻一多的两行诗句："我们的缘很短，但也有过一回。"

在最美乡村

在开展"寻找最美乡村"的活动中，文友郭真建议，到他们家乡走一走。于是一行人长途跋涉，经过几个钟头的车程，又走了很远的山路，来到了珠三角西北部最偏远的村落。

这里山明水秀，既远离市井的烦嚣，又没有来自工厂的废气污染，远远近近层峦叠嶂、林木葱郁，村里村外，生长着各种果树，有的果实已熟透却没人采收。

村屋沿着山坡而建，到处静悄悄，空无一人。郭真解释说，这些年，青壮年都进城务工了，有些上了年纪的长者也跟随子女进城了，村里只留下不多的留守老人。

郭真提议，我们一起去看望一位独居的老大妈。郭真介绍说，大妈姓赵，已经70多岁了。她儿子郭希进城务工，是公共汽车司机。一次为制止三个歹徒在车上犯罪，同歹徒展开搏斗，不幸被歹徒的尖刀刺中心脏，光荣牺牲。考虑到郭希母亲年事已高，难以承受失子的痛楚，于是原单位一直瞒着她老人家，就说儿子出国支援欠发达国家。每月都模仿郭希的笔迹给老人家写信，并由邮局送去儿子的孝敬金……

老人的家是一间不大的砖屋，厅堂、床铺、煮食柴灶都连在一起，收拾得井井有条。老人正在烧火煮饭，见我们来，老人仿佛看见儿子归来一样笑逐颜开。

寒暄过后，郭真对老人说，郭希有信回来吗？

老人脸上笑容收敛了一些，说，有、有，每月都有。

郭真说，不久前才同郭希通过电话，他在那边一切都好，二姆（郭真这样称呼老人）你不用挂念。

想不到，这时老人却忍不住流出了眼泪。

全场立即静穆下来。大伙一时不知说什么好。

沉默了好一会，还是大妈先开口了。她说，她早就明白，儿子已不在了。她说她虽没文化，但从来信笔迹上及其他的细枝末节，她已感受得到，每个月，邮递员都送来信件和丰厚的生活费，还经常有义工来陪伴她，帮她解决生活中一些困难，这一切，使她感受到来自儿子的关爱。

说着，老人从床头内侧拿出一个铁盒子，颤巍巍地打开，里面全是百元面额的人民币。她说，阿真，将来我百年归老后，这些钱送去扶贫助学。

老人用一方很旧但洗得很干净的手帕擦着发红的双眼，又说，我一直不肯说出，我已知道希儿已不在人世，因为那样一来，会伤了所有好心人的心。

郭真更挨近老人一些，拉着老人的手说：二姆，不要想那么多，阿希真的还活在这个世界上，并且活在我们每个人的心里。您老人家一定要多保重，只要您健康、长寿，阿希就放心了。

这时，我看见老人已收住了泪水，不住地点头，说，有阿希这个孝顺儿，我知足了……